Contes Japonais

Contes Japonais

Teresa Peirce Williston

Traduit de l'anglais et annoté par Julien Revol

ISBN : 978-2-9560086-0-6
Dépôt légal : Décembre 2018

À ma compagne Stéphanie et mes enfants, Balian et Guilhem

SOMMAIRE

Introduction et Guide de Prononciation

Ce livre est la traduction des deux œuvres de Teresa Peirce Williston (1874-1921) compilant de célèbres histoires du folklore japonais : *Japanese Fairy Tales, First Series* (1904) et *Japanese Fairy Tales, Second Series* (1911).

Lors de cette traduction je me suis permis, tout en restant au plus proche de l'œuvre originale par son aspect parfois un peu naïf, de personnaliser le texte et surtout les dialogues, en distribuant par exemple le tutoiement et le vouvoiement en fonction des personnages, de leur caractère et de leur interlocuteur. Certains mots ont été corrigés comme indiqué ci-dessous quant à la transcription des mots japonais ou pour corriger certaines erreurs, en introduisant notamment le mythique *tanuki* que vous découvrirez dès le premier conte.
Les notes que j'ai ajoutées permettront de mieux comprendre les références ou les éléments de la culture japonaise.

Les termes japonais présents dans ce livre sont retranscrits selon le système dit Hepburn modifié qui est brièvement détaillé ci-dessous. Ils ne prennent donc pas de *s* au pluriel et sont écrits en italique. Les noms de personnages, de lieux ou d'époques, ne seront pas considérés comme du vocabulaire japonais et ne seront pas retranscrits en italique.
Le système Hepburn modifié peut se résumer à une écriture pure des *kana*, les caractères d'écriture du japonais, alors que le système Hepburn original, lui, est un système qui représente la prononciation. Ainsi dans le système dit original la lettre *n* devant une consonne se prononce *m* ; nous pouvons donc trouver le mot libellule « *tombo* » dans le texte original, mais en système Hepburn modifié, la transcription des *kana* donne « *tonbo* ».
Une autre particularité est l'utilisation de lettres longues (qui dure presque le double d'une lettre simple) : pour les voyelles *a*, *o* et *u*, une barre horizontale haute au-dessus de la lettre (le macron) désigne cette particularité. Par contre le *e* long s'écrite *ei* et le *i* long *ii*. Dans le cas du dieu Susano-o, il ne s'agit pas d'un *o* long, mais de deux *o* distincts prononcés à la suite.

Voici les autres particularités de prononciation :

ā	se prononce	*aa (a long)*
ai	se prononce	*aï*
au	se prononce	*a-ou*
ch	se prononce	*tch*
e	se prononce	*é*
ei	se prononce	*éé (é long)*
ge	se prononce	*gué*
gi	se prononce	*gui*
ji	se prononce	*dji*
ō	se prononce	*oo (o long)*
oi	se prononce	*oï*
ou	se prononce	*o-ou*
sh	se prononce	*ch*
u	se prononce	*ou*
ū	se prononce	*ou-ou (ou long)*
wa	se prononce	*oua*

La Bouilloire Merveilleuse

Le vieux prêtre était très content. Il avait trouvé un nouveau trésor. Alors qu'il grimpait la colline pour aller au temple où il vivait, il s'arrêtait souvent pour tapoter sa belle bouilloire en laiton. Quand il atteignit le temple, il appela les trois garçons qui étaient ses élèves.

« Venez voir ! » leur cria-t-il. « Voyez cette belle bouilloire que j'ai dénichée dans une petite boutique sur mon chemin. En plus, elle n'était vraiment pas chère. »

Les garçons l'admiraient, mais ils se regardaient en souriant, car ils ne voyaient pas ce qu'il attendait d'une vieille bouilloire en laiton.

« Maintenant continuez vos études », leur dit le prêtre. « Je viendrai dans un moment vous écouter réciter. »

Alors les garçons retournèrent dans la pièce voisine et le vieux prêtre s'assit pour admirer son trésor. Il s'assit et le regarda si longtemps qu'il se mit à somnoler, hochant et roulant de la tête et finit par s'endormir rapidement.

Dans la pièce voisine, les garçons étudièrent très dur pendant quelques minutes, mais ils n'étaient que de jeunes garçons et personne n'était là pour les voir, alors vous pouvez imaginer ce qu'ils faisaient au moment où le prêtre était bien endormi.

Soudain, ils entendirent un bruit dans la pièce d'à côté.

« Oh, le prêtre est réveillé », murmura l'un d'eux.

« Oh mon Dieu, maintenant nous devons nous tenir, » dit le second.

Le troisième était plus audacieux. Il se glissa et regarda à travers l'écran,[1] pour voir si c'était bien le prêtre. Il le fit juste à temps pour voir la nouvelle bouilloire jaillir tel un ressort, faire un saut périlleux et retomber sous la forme d'un petit *tanuki* [2] poilu, au nez pointu, à la queue touffue et aux quatre petites pattes.

---

[1] Le *shōji* est un écran, une paroi coulissante, généralement partiellement translucide grâce à l'utilisation de papier de riz.

[2] Dans la version originale de Teresa Peirce Williston il s'agit d'un blaireau, confusion souvent faite. Dans les croyances populaires japonaises il s'agit en fait

Comme ce *tanuki* cabriolait et dansait ! Il dansait sur le sol. Il dansait sur la table. Il dansait en grimpant le long d'un écran.

« Oh là là ! Oh là là ! » s'écria le garçon en reculant. « Il va danser sur moi ensuite ! Oh là là ! »

« Qu'est-ce que tu racontes ? » dirent les deux autres. « Qu'est-ce qui va danser sur toi ? »

« Ce gobelin [3] va danser sur moi, je le sais, il a dansé sur le sol et il a dansé sur la table et il a dansé sur l'écran… Et maintenant je sais qu'il vient danser sur moi ! » dit le garçon.

« Que veux-tu dire ? » demandèrent les autres. « Il n'y a pas de gobelin ici. » Ensuite, eux aussi regardèrent à travers l'écran. Là se trouvait la bouilloire, comme avant.

« Que tu es bête ! » cria l'un des autres garçons. « C'est ça que tu appelles un gobelin ? Ça ressemble beaucoup à une bouilloire à mes yeux. »

« Silence ! » dit le troisième garçon. « Le prêtre se réveille, nous ferions mieux de nous remettre au travail. »

Le prêtre se réveilla et entendit les lèvres occupées de ses élèves. « Quels bons garçons j'ai là ! » pensa-t-il. « Je vais profiter qu'ils travaillent pour me préparer une tasse de thé. »

Il alluma le charbon dans son petit foyer, remplit sa bouilloire d'eau fraîche et la mit sur le feu pour la faire chauffer.

Soudain, la bouilloire fit un bond en l'air, répandant l'eau chaude sur tout le sol. « Chaud ! Chaud ! Je brûle ! », s'écria-t-elle et en un éclair, ce n'était plus une bouilloire, mais un petit *tanuki* velu au nez pointu, à la queue touffue et aux quatre petites pattes.

« Oh, aidez-moi ! Aidez-moi ! Il y a un gobelin ! » hurla le prêtre. Les trois garçons se précipitèrent pour voir ce qui se passait. Ils ne virent pas du tout de bouilloire, mais à sa place se trouvait un *tanuki* très en colère qui sautillait et grommelait au travers de la pièce.

Ils prirent tous des bâtons et commencèrent à battre le *tanuki*, mais ce n'était à nouveau plus qu'une bouilloire en laiton qui répondait « clang, clang ! » à chaque coup.

Quand le prêtre vit qu'il ne gagnerait rien à battre la bouilloire, il commença à chercher comment il pourrait s'en débarrasser. Juste à ce moment-là, le rétameur [4] vint à passer.

---

du *tanuki*, le chien viverrin, qui ressemble d'ailleurs davantage à un raton laveur qu'à un blaireau.

[3] « Gobelin » dans le sens d'esprit ou de créature. La créature folklorique japonaise qui est généralement désignée par le terme de gobelin est en fait le *tengu*, créature vivant dans les forêts et montagnes.

[4] Parfois ambulant, le rétameur est un artisan qui répare les ustensiles métalliques.

« C'est ma chance », pensa le prêtre. Il appela alors : « Rétameur, rétameur, viens voir ce que j'ai pour toi. Voici une vieille bouilloire que j'ai trouvée et qui ne me sert à rien ; mais tu pourrais la remettre en état et la vendre. »

Le rétameur vit que c'était une bonne bouilloire, alors il l'acheta et la ramena chez lui. Il la redressa soigneusement et répara tous les endroits abîmés. De nouveau, c'était une sacrément belle bouilloire.

Cette nuit-là, le rétameur se réveilla et trouva un *tanuki* qui le fixait de ses petits yeux brillants.

« Maintenant, écoute-moi, monsieur Le Rétameur, » dit le blaireau « je pense que tu es un homme bon, alors je vais te dire quelque chose : je suis vraiment une merveilleuse bouilloire et je peux devenir un *tanuki* quand je le souhaite, comme tu peux le voir. Je peux aussi faire d'autres choses, plus merveilleuses encore. »

Le rétameur au bon cœur dit : « Eh bien, si vous êtes un *tanuki*, vous devez vouloir manger quelque chose, que puis-je vous proposer ? »

« Oh, j'aime bien un peu de sucre de temps en temps, » répondit le *tanuki*, « et je n'aime pas être mis sur le feu ou être rossé avec des bâtons, mais je suis sûr que tu ne me traiteras jamais de cette façon. Si tu veux bien m'emmener avec toi dans les villages alentours, je peux chanter et danser sur une corde tendue pour toi. »

Le bricoleur fit cela et les foules vinrent voir la merveilleuse bouilloire. Ceux qui l'avaient vue une fois revenaient et ceux qui ne l'avaient pas vue venaient voir pourquoi les gens l'aimaient autant.

Finalement, le rétameur devint riche. Alors il mit sa chère bouilloire dans un petit temple au sommet d'une colline, où elle pourrait toujours se reposer et avoir toutes les sucreries qu'elle voudrait.

LE *SAKE* DU BUCHERON

Le soleil était en train de se lever derrière les collines. Chaque aiguille des grands pins était noire devant les nuages roses de l'aurore. Les pierres le long du chemin semblaient orange au soleil et violettes à l'ombre. La brise humide et rosée soufflait douce et fraîche sur les rizières.

Un pauvre bûcheron travaillait au flanc de la montagne. Chaque matin, presque avant que le soleil ne se lève, on pouvait le voir grimper au sommet boisé de la montagne. Personne ne travaillait aussi dur que ce pauvre bûcheron ; pourtant, peu importe à quel point il travaillait, il trouvait qu'il n'y avait jamais assez de bois coupé le soir venu.

Ce matin, alors qu'il marchait, il se parlait à lui-même. « Cela ne fait aucune différence que je commence tôt le matin ou que je finisse tard dans la nuit, je ne gagne jamais assez d'argent pour acheter ce que je souhaite à mon vieux père et à ma vieille mère... Maintenant, à leurs âges, ils ont besoin de thé et parfois d'une coupe de *sake*.[5] »

Alors il se mit au travail encore plus fort qu'avant. Il faisait très chaud et il était très fatigué et affamé aussi. Tout à coup, près de l'endroit où il coupait, il vit un jeune et gros *tanuki* endormi.

« Bien ! » pensa le bûcheron, « voici quelque chose que je pourrais rapporter à mon père et à ma mère : cela ferait un ragoût sensationnel. »

Plus il regardait le *tanuki* endormi et moins il voulait le tuer. S'il était réveillé, ce serait différent, mais le tuer endormi ! Le bûcheron ne pouvait pas faire ça.

Il se dit : « Non, je ne peux pas le tuer, je vais travailler plus dur et voir si je ne peux pas gagner assez d'argent pour leur acheter quelque chose de plus pour demain. »

À cet instant le *tanuki* se leva. Il ne s'enfuit pas comme on pourrait s'y attendre, mais il se tint là à regarder l'homme. On aurait presque dit qu'il souriait.

Le bûcheron le contempla bouche bée. Qui s'attendrait à ce qu'un *tanuki* que l'on va tuer se tienne devant soi et nous sourie ? Mais le *tanuki* parla

---

[5] Boisson alcoolisée à base de riz, produite comme la bière, par fermentation répétée. Le *sake* est connu au Japon depuis le IIIᵉ siècle et rentre dans certains rites religieux dès le VIIIᵉ siècle.

et voici ce qu'il dit: "Bon, monsieur Le Bûcheron, tu as bien fait de ne pas me tuer. De toute façon, tu ne pouvais pas le faire, mais puisque tu as été bon avec moi, je vais être bon avec toi. Tu ne peux pas deviner tout ce que je peux faire pour toi. Mais d'abord, peux-tu juste aller au-delà de ce pin et m'apporter une pierre plate et lisse que tu y trouveras. »

Le bûcheron se dépêcha d'aller chercher la pierre. Quand il atteignit l'endroit, il y avait un somptueux banquet où s'étalaient des plats délicats. Le bûcheron pensa à son père et à sa mère. Il aurait aimé pouvoir prendre ne serait-ce qu'une bouchée de ces délices. Cependant, il ne voulait toucher à rien qui ne lui appartienne, alors il commença à chercher une pierre plate et lisse.

« He-he ! » gloussa quelqu'un derrière lui. Il regarda autour de lui. C'était le *tanuki* qui riait à en faire trembler sa queue touffue.

« Ça n'a pas l'air bon ? Pourquoi n'en manges-tu pas ?

- Oh, je n'en voulais pas pour moi, mais je voulais seulement que mon pauvre vieux père et ma pauvre vieille mère puissent avoir un tel festin une fois dans leur vie.

- Ne t'en fais pas, ils en mangent un comme celui-là en ce moment. » Le bûcheron le regardait sans comprendre.

« Pourquoi ? Nous n'avons que du riz et de l'eau à la maison, lui répondit-il.

- Ils mangent exactement ce que tu vois ici, dit le *tanuki*.

- Et où l'aurait-il eu ?

- Je leur ai envoyé et ceci est pour toi et moi. Alors assieds-toi vite, car j'ai très faim. »

Ils s'assirent et mangèrent, mangèrent, ici un *dango*,[6] ou boulette, là un *gozen*, ou riz bouilli. Puis de l'aubergine, du *sake*, des gâteaux et des fruits jusqu'à ce que le bûcheron ne puisse plus rien avaler.

Le *tanuki* ressemblait lui-même à une grosse boulette bien ronde tellement il était plein.

« Rap-a-tap, rap-a-tap, rap-a-tap, rap. Rub-a-dub, rub-a-dub, rub-a-dub, rap. » On aurait dit la musique du tambour qui battait le rythme pour les soldats.

« Fan-ta-ra-ra-ra, fan-ta-ra-ra. » C'était comme la musique pour les danses.

« Ru-lo, re-lo, ru-le-o, re-lo. » C'était le gémissement du triste et doux *shamisen*.[7]

---

[6] Le *dango* est le nom japonais d'une boulette faite à base de *mochi*, une pâte de riz gluant et d'eau.

« D'où vient tout cela ? » Le bûcheron regardait partout sauf au bon endroit. « D'où vient toute cette douce musique ? » demanda-t-il au *tanuki*. Puis il vit. C'était le *tanuki* qui tambourinait et grattait sa peau qui était tendue à en ressembler à une boulette.

Avec un petit rire, le *tanuki* disparut. Le bûcheron le chercha, mais ne vit qu'une belle cascade qui dégringolait et finissait en écume sur les rochers. Quelle douce chanson cela faisait !

Le bûcheron savait qu'il ne l'avait jamais vu auparavant. Il monta un peu pour la regarder. Sniff ! Quelque chose sentait très bon. Il se baissa pour boire de l'eau froide et écumeuse.

Il but et se figea, puis but à nouveau. C'était du *sake*, aussi sûr que possible. Il en remplit sa gourde et se hâta de rentrer chez lui.

« Père, voici un peu de *sake* pour toi ! » lui cria-t-il.

Il raconta tout à son père à propos du *tanuki* et du festin. Puis son père lui dit également pour son festin.

Le lendemain matin, quand il commença à travailler, vous pouvez être sûr qu'il n'oublia pas sa gourde. Il fut surpris de voir une grande foule de gens grimpant en haut de la montagne. Jusqu'à ce jour, il était le seul à entreprendre cette longue et difficile ascension. Ils avaient tous des gourdes dans les mains, autant qu'ils pouvaient en porter.

La veille quelqu'un avait écouté à la porte du bûcheron et l'avait entendu parler de la cascade de *sake*.

Quand ils atteignirent l'endroit, l'un des hommes dit : « Maintenant, jeune homme, puisque nous connaissons cet endroit, cela ne vous dérangera pas si nous nous servons d'abord. Nous devons redescendre de la montagne pour notre travail, alors nous sommes pressés. Allez, buvons tous ensemble. »

Ils remplirent tous leurs gourdes et prirent une longue et profonde rasade. Comme ils furent surpris ! Le bûcheron vit que quelque chose n'allait pas, alors il s'esquiva et alla se cacher derrière un grand pin.

Ils regoûtèrent, « de l'eau, ce n'est que de l'eau ! » crièrent-ils à l'unisson. « Attends qu'on attrape ce garnement ! »

Mais ils ne purent le trouver nulle part. Ils repartirent en bas de la colline. Ils étaient fâchés de penser à cette longue marche pour rien.

Quand ils furent partis, le bûcheron sortit de sa cachette et goûta de nouveau l'eau. C'était du *sake*, comme avant.

---

[7] Le *shamisen* est un instrument de musique traditionnel à cordes pincées utilisé en musique japonaise. C'est un luth à long manche sans frette dont les cordes sont pincées à l'aide d'un large plectre en ivoire.

Après cela, chaque fois que le pauvre bûcheron allait boire un verre ou remplir une gourde pour son père, l'eau avait le goût du meilleur des *sake*, mais pour tous les autres ce n'était que de l'eau.

LE MIROIR DE MATSUYAMA

À Matsuyama vivait un homme, sa femme et leur petite fille. Ils s'aimaient beaucoup et étaient très heureux ensemble. Un jour, l'homme rentra très triste. Il avait reçu un message de l'Empereur, qui disait qu'il devait se rendre à la lointaine Tokyo.

Ils n'avaient pas de chevaux et à cette époque, il n'y avait pas de chemin de fer au Japon. L'homme savait qu'il devrait marcher tout le long du trajet. Cependant, ce n'était pas la longue marche qui le chagrinait. C'était parce que cela lui prendrait plusieurs jours loin de sa famille.

Pourtant, il devait obéir à son Empereur, alors il se prépara au départ. Sa femme était très triste qu'il doive partir et pourtant un peu fière également, car personne d'autre dans le village n'avait fait un si long voyage.

Elle marcha avec sa petite fille pour l'accompagner jusqu'au virage sur la route. Elles se tinrent là et le regardèrent à travers leurs larmes, alors qu'il suivait le chemin à travers les pins à flanc de la montagne. Enfin, pas plus gros qu'un point, il disparut derrière les collines. Alors elles rentrèrent à la maison pour attendre son retour.

Elles attendirent pendant trois longues semaines. Chaque jour, elles parlaient de lui et comptaient les jours jusqu'à ce qu'elles puissent revoir son cher visage. Finalement, le jour arriva. Elles descendirent au virage de la route pour attendre sa venue. Là-haut, sur le flanc de la montagne, quelqu'un marchait vers eux. Alors qu'il s'approchait, elles purent voir que c'était bien celui qu'elles attendaient.

La bonne épouse pouvait à peine croire que son mari était de retour sain et sauf. La petite fille rit et tapa des mains pour voir les jouets qu'il lui avait rapportés.

Il y avait tout d'abord une toute petite image d'Uzume,[8] la déesse de la gaieté et de la bonne humeur. Vint ensuite un petit singe en coton rouge avec une tête bleue. Quand elle appuyait sur un ressort, il courait vers le haut d'un petit bâton. Oh, et comme le troisième cadeau était fantastique ! C'était un *tonbo* ou libellule.[9] Quand elle la regarda pour la première fois, elle ne vit qu'un morceau de bois en forme de T. La pièce transversale était peinte de différentes couleurs vives. Mais ce qui était étrange est que quand son père la faisait tournoyer entre ses doigts, elle s'élevait dans les airs, plongeant et planant comme une vraie libellule. Enfin, il y avait bien sûr une *ningyo*,[10] ou poupée, avec un visage doux, des yeux en amande et de si merveilleux cheveux. Son nom était *O-Hina-San*.[11]

Il leur raconta la Fête des Morts [12] qu'il avait vue à Tokyo. Il leur parla des belles lanternes, les Lanternes des Morts, et des torches de pin brûlant devant chaque maison. Il leur raconta que de minuscules bateaux étaient fait avec de la paille d'orge et étaient remplis de nourriture et qu'ils étaient mis à flotter sur la rivière, portant deux minuscules lanternes pour les guider vers la Terre des Morts.

Enfin, son mari tendit à la femme une petite boîte blanche. « Dis-moi ce que tu vois à l'intérieur », lui dit-il.

Elle l'ouvrit et en sortit quelque chose de rond et de brillant. D'un côté, des bourgeons et des fleurs d'argent givré. L'autre côté lui sembla tout d'abord aussi clair et lumineux qu'un bassin d'eau. Quand elle le déplaça légèrement elle y vit une très belle femme.

« Oh, quelle belle image ! » s'écria-t-elle. « C'est une femme et elle a l'air de sourire et de parler tout comme moi. Elle a aussi une robe bleue comme la mienne ! Que c'est étrange ! »

Son mari rit et dit : « C'est un miroir, c'est toi-même que tu vois en reflet. Toutes les femmes de Tokyo en ont. »

---

[8] Ame no Uzume no Mikoto ou plus simplement Uzume est connue dans l'un des mythes fondateurs pour avoir, au moyen d'une danse érotique, aidé les dieux à ramener la lumière sur terre en faisant sortir la déesse du soleil Amaterasu hors de la caverne où elle s'est réfugiée à la suite d'une dispute avec son frère Susano-o.

[9] La libellule est l'insecte emblématique du Japon, qui est parfois appelé « l'île de la libellule ». En ornementation, elle est très prisée des samouraïs pour qui elle représente la force et le courage.

[10] Une *ningyo* désigne également une sorte de sirène, qui provoque des calamités.

[11] *O* et *San* sont respectivement des préfixe et suffixe honorifiques.

[12] *O-bon*, la Fête des Morts. Pour guider les âmes des morts des lanternes, parfois extrêmement travaillées et faites uniquement pour l'occasion, sont allumées devant chaque maison. Bien que de signification religieuse et grave, cette fête est l'occasion de réunions festives.

La femme était ravie de son cadeau et le contemplait très souvent. Elle aimait voir les lèvres rouges et souriantes, les yeux rieurs et les beaux cheveux noirs.

Au bout d'un moment, elle se dit : « Comme je suis ridicule de m'asseoir et de me regarder dans ce miroir ! Je ne suis pas plus belle que les autres femmes. Il vaut mieux pour moi profiter de la beauté des autres et oublier mon propre visage. Je dois seulement me rappeler qu'il doit toujours être joyeux et souriant ou alors il ne rendra personne d'autre heureux. Je ne souhaite pas qu'un regard de travers ou coléreux ne rende quelqu'un triste. »

Elle rangea soigneusement le miroir dans sa boîte. Elle ne le regarda que deux fois dans l'année. Ensuite, elle ne le faisait que pour vérifier que son visage pouvait encore rendre les autres heureux.

Leur vie simple et douce se poursuivit jusqu'à ce que leur petite fille devienne grande. Elle avait mis soigneusement de côté pour ses propres enfants son *ningyo*, son *tonbo*, l'image d'Uzume, et même le singe de coton. Cette fille était à l'image de sa mère : aussi douce et aimante, aussi gentille et serviable.

Un jour, sa mère tomba très malade. Bien que la fille et son père firent tout ce qu'ils pouvaient pour elle, son état ne cessa de s'empirer.

Finalement, sachant qu'elle allait mourir, elle appela sa fille et lui dit : « Mon enfant, je sais que je vais bientôt te quitter, mais je veux te laisser quelque chose en souvenir de moi. Ouvre cette boite et regarde ce qu'elle contient. »

La fille ouvrit la boîte et regarda pour la première fois dans un miroir. « Oh, mère ! » cria-t-elle. « Je vous vois, pas maigre et pâle comme maintenant, mais heureuse et souriante, comme vous l'avez toujours été. »

Alors sa mère dit : « Quand je ne serai plus là, veux-tu bien le regarder matin et soir ? Si quelque chose te soucie, dis-le-moi. Essaie toujours de faire pour le mieux et tu ne verras que du bonheur autour de toi. »

Chaque matin, quand le soleil se levait et que les oiseaux commençaient à gazouiller et à chanter, la jeune fille se levait et regardait dans son miroir. Elle y voyait le visage lumineux et souriant de sa mère.

Chaque soir, quand les ombres tombaient et que les oiseaux dormaient, elle le regardait à nouveau. Elle lui racontait tout ce qui s'était passé pendant la journée. Quand c'était un bon jour, le visage lui souriait, mais quand elle était triste, alors le visage était triste également. Elle faisait toujours très attention à bien agir car sinon elle savait que le visage serait triste.

Elle devenait ainsi encore plus gentille et adorable et ressemblait de plus en plus à la mère dont elle voyait le visage chaque jour et qu'elle aimait plus que tout.

———————

LE SERPENT À HUIT TÊTES

Le grand dieu Susano-o marchait au bord de la rivière Hi. Il marcha pendant quatre jours, mais ne vit aucun être vivant. Le soir du cinquième jour, il s'allongea dans une bambouseraie au bord de la rivière.

Il rêva qu'il voyait une belle jeune fille flottant dans la rivière. Un grand monstre émergea de l'eau et était sur le point de l'avaler, mais le dieu nagea et sauva la jeune fille.

Au réveil, Susano-o s'interrogea sur son rêve et se dit: « Dans cette belle contrée, il me semble étrange de ne pas trouver de vie. Aujourd'hui, je vais remonter la rivière et si je ne trouve personne, je retournerai au Ciel. » Alors qu'il se faisait cette réflexion, il vit quelque chose flotter à la surface de la rivière. C'était une baguette pour manger. Le dieu Susano-o su alors que quelqu'un vivait au bord de la rivière et commença alors à chercher jusqu'à ce qu'il trouve : vers le soir en effet, il crut entendre le son de voix. Il hâta le pas et alors qu'il suivait un lacet de la rivière, il vit une vieille femme assise au bord de l'eau qui pleurait. Son mari et sa petite fille étaient assis auprès d'elle.

Susano-o regarda la fille avec surprise, car elle ressemblait à s'y méprendre à la jeune fille de son rêve.

« Quel est votre problème ? » demanda-t-il à la femme. « Peut-être puis-je vous aider ? »

La vieille femme répondit : « Personne ne peut nous aider. Notre belle fille doit partir tout comme ses sept belles sœurs avant elle. »

« Expliquez-moi tout ça » dit Susano-o qui se rappelait qu'il avait sauvé la jeune fille dans son rêve.

« Un grand monstre vit ici et possède toutes ces terres », dit l'homme. « C'est un serpent de huit kilomètres de long ; il a huit têtes et huit queues et chaque année, depuis sept ans déjà, il vient prendre une de nos filles. Et désormais, il ne nous reste plus que la plus jeune, qu'il viendra bientôt emporter... Rien ne peut la sauver. »

Mais Susano-o pensait qu'une si belle jeune fille n'était pas faite pour un serpent à huit têtes. Il s'assit alors au bord de la rivière, sous les bambous plumeux et réfléchit aux moyens pour la sauver. Il pensa longtemps. La surface azure de la rivière devint rouge et dorée. Susano-o comprit que le soleil s'était couché, mais il ne leva pas les yeux. La lumière s'évanouit et tout devint sombre. Il savait que les étoiles brillaient, car il pouvait voir les minuscules points de lumière de leurs reflets sur la surface lisse de l'eau. Il ne parvenait toujours pas à échafauder un plan.

Il finit par se dire : « Les pensées du matin sont les meilleures, je vais donc aller dormir et peut-être qu'au petit matin, je trouverai un plan. »

Le lendemain, il fut debout aux premières lueurs du jour. La vieille femme lui apporta de la nourriture, mais il ne mangea rien. Il était assis au bord de l'eau, sous le bambou plumeux et réfléchissait encore et encore. Au moment où le soleil se couchait de nouveau, il alla voir le vieil homme et la femme.

« Ne pleurez plus, » leur dit-il « j'ai pensé à un plan pour sauver votre fille. Demain matin nous nous lèverons tôt, car nous aurons du travail, mais ce soir nous dormirons, car nous avons besoin de repos. »

Le lendemain, ils étaient au travail bien avant que le jour ne se lève. La vieille femme prépara une délicieuse soupe dans huit grandes marmites. Susano-o et le vieil homme bâtirent un grand mur avec huit portes. Devant chaque porte, ils placèrent une marmite de soupe. Alors Susano-o pila quelques feuilles trouvées au bord de la rivière et les mis dans la soupe. Une odeur délicieuse s'éleva de chaque marmite et flotta par-dessus les montagnes.

Très vite, un grand rugissement se fit entendre. « Vite, cachez-vous ! » lui cria le vieil homme. C'est le serpent à huit têtes, il a senti la soupe et vient la manger.

Avec un bruit de tonnerre, le grand serpent rampa sur huit collines. Ses huit queues se tordaient sur le sol ou fouettaient l'air. Huit langues rouges jaillirent de ses huit grandes gueules. Ses huit têtes passèrent à travers les huit portes du mur et en un instant la soupe commença à disparaître.

Susano-o surgit et d'un coup de son épée coupa la première tête du serpent. En un éclair, une autre tête avait disparu, puis une autre et encore une autre. Le serpent était en colère, mais il préférait perdre quelques têtes plutôt que de renoncer à cette soupe. Peut-être étai-ce dû à ce que Susano-o avait mis dans la soupe.

Whiz ! Et les queues fouettèrent l'air. Whiz ! Et l'épée tranchante de Susano-o coupa la cinquième tête. Le serpent était fou de douleur, mais essayait toujours de finir les dernières gouttes de soupe.

L'épée tranchante de Susano-o passa dans les airs et coupa la sixième tête. Un instant de plus et la septième tête tomba.

Juste à ce moment-là, le serpent se tourna vers Susano-o. Sa gueule grande ouverte pour l'avaler, mais le vaillant homme sauta sur le cou du monstre et de là-haut trancha la dernière tête.

L'immense corps frissonna et trembla jusqu'à ce que les feuilles tremblantes tombent des arbres. Enfin, il s'immobilisa et tous comprirent que le serpent ne les terroriserait plus jamais.

Susano-o emmena alors la jeune fille au Pays des Cieux Souriants. Ils vécurent là, jetant toujours un œil à la Terre pour voir qui avait des ennuis et pouvait être aidé.

L'AMULETTE VOLÉE

Un petit garçon était assis à même le sable au pied d'un vieux pin.

« Pish, pish » murmura le pin tandis que le vent du printemps balayait ses aiguilles. « Swish, swish » dirent les vagues en se faisant la course jusqu'au sable jaune. « Swish, swish » dit chaque vague en jetant ses tentacules d'écume blanche aux pieds du garçon.

Le garçon entendait le murmure du pin et le clapotis des vagues, mais il regardait au loin par-dessus les vagues. Il cherchait la blanche Fée Écume qui venait jouer avec lui tous les jours.

Elle arriva enfin, chevauchant la crête de la plus haute vague. Elle tenait dans sa main quelque chose qui brillait comme une goutte de rosée au soleil.

Elle s'assit sur le sable avec le garçon. Elle resta longtemps assise à regarder les vagues, les oiseaux de mer et les doux nuages blancs.

Enfin, elle dit : « Mon petit, nous avons joué ici ensemble pendant plusieurs semaines. Mais maintenant je dois partir pour une autre contrée, alors je suis venu te dire au revoir. Tu vois ce petit navire en argent que je t'ai apporté ? C'est une amulette et elle te gardera toujours en bonne santé et heureux. »

Le garçon leva les yeux pour lui dire au revoir, mais ne put voir qu'un arc-en-ciel qui brillait dans les éclaboussures des vagues.

Elle était partie, mais près de sa main se trouvait un minuscule bateau d'argent qui brillait comme une goutte de rosée au soleil. Le garçon le ramassa et rentra lentement à la maison.

« Regardez, mère, » dit-il, « voici un minuscule bateau en argent que m'a donné la Fée Écume. »

« C'est une amulette, mon garçon », répondit sa mère. « Tu dois toujours la garder, car c'est très précieux. »

Puis il montra l'amulette à ses deux animaux de compagnie, le petit Renard velu et le petit Chiot duveteux. Ils reniflèrent l'amulette et opinèrent sagement de la tête comme s'ils savaient tout au sujet de ce talisman.

Les semaines passèrent, le printemps se réchauffa et enfin vint l'été. Un soir, le garçon tomba très malade. Sa mère alla chercher l'amulette en argent, car elle savait qu'elle lui ferait du bien. Elle n'était plus là ! Qui a bien pu la prendre ?

Le petit Renard velu et le petit Chiot duveteux étaient très tristes.

Ils s'assirent dans le crépuscule et fixèrent des yeux les lucioles qui clignotaient dans les arbres. Ils fixèrent des yeux les étoiles dans le ciel lointain. Leurs petits museaux pointus se contractèrent alors qu'ils reniflaient la douce rosée déposée sur les fleurs.

Ils pensaient à leur pauvre maître malade et se demandaient comment ils pouvaient l'aider. Enfin, le petit Renard dit : « Je crois que c'est l'Ogre qui a volé l'amulette. Allons vérifier. »

« Oh, mon Dieu, j'ai peur des ogres », dit le Chiot avec la queue entre les pattes. « Comment allons-nous la récupérer s'il l'a ? »

« Viens, on trouvera bien un moyen » dit le Renard.

Ils se faufilèrent doucement le long du chemin qui conduisait en haut de la colline, à la maison de l'Ogre. Sur le chemin, ils rencontrèrent le Rat.

« Où allez-vous ? » couina le Rat.

« Nous allons à la maison de l'Ogre, pour voir s'il a volé l'amulette de notre maître », dit le Renard.

« Mais je ne sais pas comment nous ferons pour la récupérer s'il l'a » gémit le Chiot, avec sa queue entre les pattes.

« Je viens avec vous ! » dit le Rat. « Je sais comment vous pouvez la récupérer. Attendez ici, près de cet arbre pendant que je me glisse jusqu'à la maison. Quand je serai près de la fenêtre, vous ferez un bruit effrayant et vous courrez pour sauver votre peau. Je vous retrouverai au pied de la colline. »

« Oh, mon Dieu, j'ai peur » pleurnicha le Chiot.

« Ne t'inquiète pas, il ne te fera pas de mal » dit le Renard.

Ils attendirent près du pin jusqu'à ce que le Rat soit près de la maison. Ils firent alors un bruit comme le ferait tout un tas de monstres, puis firent demi-tour et fuirent.

Le temps passa et finalement le Rat arriva aussi.

« Je sais où il est ! » leur cira-t-il. « Il a l'amulette et il la garde dans sa manche.[13] Je sais qu'elle est là, car quand vous avez crié, il a tout de suite mis la main dans sa manche pour vérifier que quelque chose y était toujours en sécurité. Maintenant, on va le laisser se calmer puis nous y retournerons pour récupérer l'amulette. »

Bientôt, ils furent de nouveau près du pin. Alors le Rat dit : « Maintenant, petit Renard, transforme-toi en petit garçon et toi petit Chiot, change-toi

---

[13] Les kimonos et autres tenues à larges manches sont cousus de sorte que les manches puissent servir de poches, des objets pouvant être mis dans un pli au niveau du poignet.

en petite fille, puis allez danser pour l'Ogre, dansez pour vos vies et continuez à danser jusqu'à ce que je sois à nouveau redescendu de la colline. »

« Oh, mon Dieu, j'ai tellement peur des ogres », dit le Chiot.

« Peu importe, danse pour ta vie et il ne te fera aucun mal » dit le Renard.

Puis le Rat se cacha dans les plis de la longue robe de la jeune fille. Le garçon et la fille se dirigèrent vers la porte de la maison.

« S'il vous plaît, M. l'Ogre, pouvons-nous danser pour vous ? » lui demandèrent-ils.

L'Ogre était très fatigué et très énervé, alors une danse tombait à point pour le détendre. Il dit : « Oui, mais si vous ne dansez pas bien, je vous mangerai. »

Ils dansèrent de leur mieux et l'Ogre était tellement captivé qu'il ne vit pas le petit Rat glisser de la robe de la jeune fille et ramper sous sa manche. Il n'entendit pas le Rat ronger le tissu, ni ne le vit s'éloigner avec le minuscule bateau en argent dans sa gueule.

Quand le Rat fut en sécurité au pied de la colline, la fille et le garçon disparurent soudainement. L'Ogre ne sut jamais ce qu'ils devinrent. En un éclair, ils n'étaient plus qu'un Renard et un Chiot, courant et dévalant la colline aussi vite qu'ils pouvaient.

Ils remercièrent le Rat pour son aide, puis coururent vers leur maître avec le bateau en argent. « Cher Maître ! » crièrent-ils, « voici ton amulette, maintenant, tu vas guérir. »

Bien sûr, le garçon se rétablit vite et vécut longtemps après que le petit Renard velu soit devenu un renard adulte et que le petit Chiot soit devenu une grand-mère Chien. Mais le Chien met toujours sa queue entre ses pattes à chaque fois que l'on parle des ogres.

URASHIMA

Il y a longtemps vivait un garçon au bord de la mer, où les grandes vagues vertes venaient se briser sur le rivage en formant des nuages d'embruns salés. Ce garçon, Urashima,[14] aimait l'eau comme s'il s'agissait de son frère et était souvent dans son bateau de l'aube pourpre au soir orangé. Un jour qu'il pêchait, quelque chose tira sur sa ligne et il remonta la prise. Ce n'était pas un poisson, comme il s'y attendait, mais une vieille tortue ridée. « Bien, » se dit Urashima, « si je ne peux pas manger de poisson pour mon dîner, au moins je n'empêcherai pas ce vieux compagnon d'assister à tous les dîners qui l'attendent encore. » Car au Japon, on dit que toutes les tortues vivent jusqu'à mille ans. Alors, le bon Urashima la remet à l'eau. Quelle éclaboussure elle fit ! Mais de l'éclaboussure sembla émerger une jolie fille qui monta dans le bateau d'Urashima. Elle lui dit : « Je suis la fille du dieu de la mer.[15] La tortue que tu as rejetée à l'eau, c'était moi. Mon père m'a envoyé voir si tu étais aussi bon que tu semblais et je vois que tu l'es. Nous, qui vivons sous l'eau, disons que ceux qui aiment la mer ne peuvent jamais être méchants, Veux-tu bien venir vivre avec nous au palais du dragon, loin sous les vagues vertes ?

Urashima était très heureux d'y aller, alors chacun prit une rame et ils partirent.

Bien avant que le soleil ne se soit passé sous les lignes pourpres du soir, Urashima et la Princesse Dragon avaient atteint les profondeurs obscures de la mer. Les poissons se faufilaient autour d'eux à travers des branches de corail et des cordes flottantes d'algues. Le rugissement des vagues ne leur parvenait plus que comme un murmure sourd et ne rendait le silence que plus doux.

Voici le palais du dragon, fait de coquillages et de perles, de corail et d'émeraudes. Il brillait des mille feux et teintes que recelait les profondeurs de la mer. Des poissons aux nageoires d'argent étaient prêts à venir au besoin. Les mets les plus délicats que l'océan pouvait offrir à ses enfants leur étaient servis par sept dragons, tous ayant une queue dorée.

---

[14] Il est plus souvent désigné sous le nom d'Urashima Tarō.
[15] Le dieu-dragon Ryūjin.

Urashima vécut pendant quatre courtes années dans un rêve de bonheur avec la Princesse Dragon. Puis il se souvint de sa maison et souhaita revoir son père et sa famille. Il voulait revoir les rues du village et la plage de sable où il jouait.

Il n'avait pas besoin de dire à la princesse son souhait, car elle savait tout et dit : « Je vois que tu as de nouveau envie de voir ta maison, aussi, je ne te garderai pas ici. Mais j'ai peur de te laisser partir. Comme je sais que tu voudras revenir, je te donne cette boîte, mais ne laisse rien lui arriver, car si elle est ouverte, tu ne pourras jamais revenir.

Elle la plaça alors dans son bateau et les vagues le portèrent jusqu'à ce que la proue s'enfonce dans le sable où il jouait.

À cet endroit de la baie se tenait la chaumière de son père, près du grand pin. Mais comme il s'approchait, il ne vit ni arbre ni maison. Il regarda autour de lui. Les autres maisons avaient l'air étrange. Des enfants étranges le regardaient. Des gens étranges marchaient dans les rues. Il s'interrogea sur ce changement en quatre si courtes années.

Un vieil homme marchait le long du rivage. Urashima lui demanda : « Pouvez-vous me dire, monsieur, où est passée la chaumière d'Urashima ? »

« Urashima ? » dit le vieil homme. « Urashima !... Pourquoi ? Ne savez-vous pas qu'il s'est noyé il y a quatre cents ans, alors qu'il pêchait. Ses frères, leurs enfants et les enfants de leurs enfants ont tous vécu et sont morts depuis. Il y a quatre cents ans, lors d'un jour d'été comme celui-ci, paraît-il. »

Disparus ! Son père et sa mère, ses frères et compagnons de jeu et la chaumière qu'il aimait tant. Comme il avait envie de les revoir ; mais il devait se dépêcher de retourner au palais du dragon, car c'était maintenant sa seule maison. Mais comment allait-il y aller ? Il marcha le long du rivage, mais ne put se souvenir du chemin à prendre. Oubliant la promesse qu'il avait faite à la princesse, il sortit la petite boîte de perles et l'ouvrit. Un nuage blanc s'en échappa et s'éleva et comme il s'en allait en flottant, il crut voir le visage de la Princesse Dragon. Il l'appela, tendit la main vers elle, mais le nuage flottait déjà loin au-dessus des vagues.

Alors qu'il flottait au loin, il sembla vieillir soudainement. Ses mains tremblèrent et ses cheveux devinrent blancs. Il semblait se dissoudre pour rejoindre le passé dans lequel il avait vécu.

Quand la nouvelle lune accrocha son croissant de lumière dans les branches du pin, il n'y avait plus qu'une petite boîte de perles sur la plage de sable et les grandes vagues vertes soulevaient des bras blancs d'écume, comme elles l'avaient fait quatre cents ans auparavant.

———————

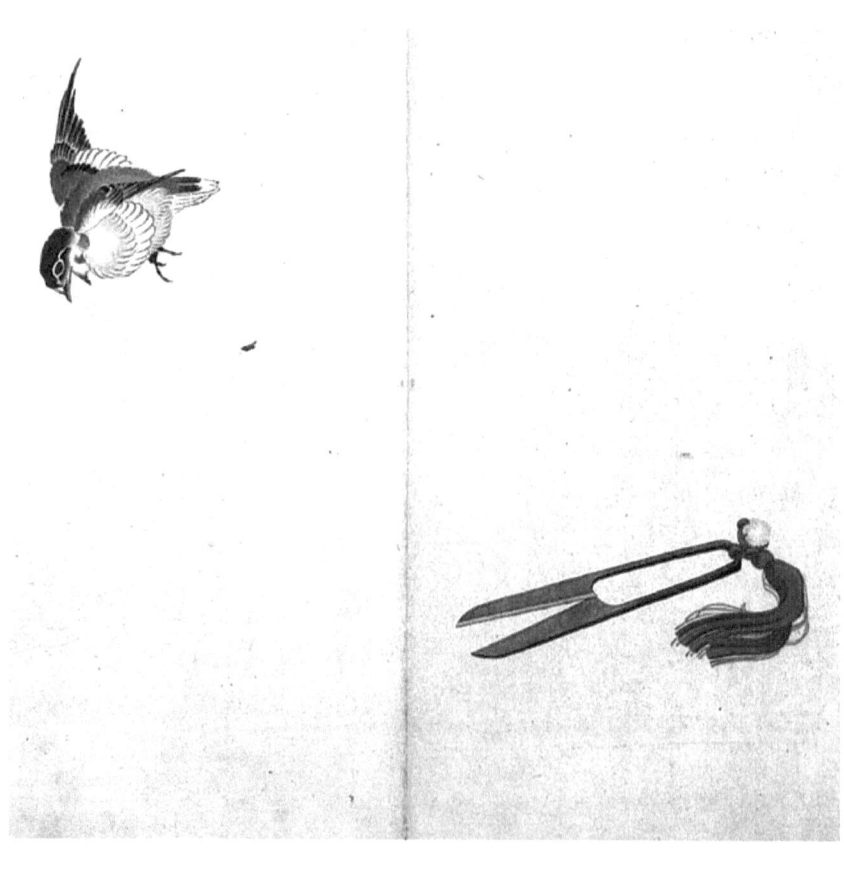

LE MOINEAU À LA LANGUE COUPÉE

Dans une vieille petite maison d'un vieux petit village du Japon vivait un vieux petit homme et sa vieille petite épouse. Un matin, quand la vieille femme ouvrit les écrans qui forment les côtés de toute maison japonaise, elle aperçut sur le pas de la porte un pauvre petit moineau. Elle le prit doucement et le nourrit. Ensuite, elle le mit au lumineux soleil du matin jusqu'à ce que ses ailes pleine de la froide rosée soient sèches. Après quoi, elle le laissa partir pour qu'il puisse retourner à son nid, mais il est resta pour la remercier avec ses chansons.

Chaque matin, quand le rose sur les sommets des montagnes annonçait l'arrivée du soleil, le moineau se perchait sur le toit de la maison et chantait joyeusement.

Le vieil homme et la vieille femme remerciaient le moineau pour cela, car ils aimaient être debout tôt pour se mettre au travail. Mais près d'eux vivait une vieille femme qui n'aimait pas être réveillée si tôt. Elle finit par être si fâchée qu'elle attrapa le moineau et lui coupa la langue. Le pauvre petit moineau s'envola vers sa maison, mais il ne pourrait plus jamais chanter.

Quand la gentille femme sut ce qui était arrivé à son petit oiseau, elle fut très triste. Elle dit à son mari : « Allons à la recherche de notre pauvre petit moineau. » Alors ils partirent ensemble et demandèrent à chaque oiseau sur le bord de la route : « Savez-vous où vit le Moineau à la Langue Coupée ? Savez-vous où le Moineau à la Langue Coupée est parti ? »

C'est ainsi qu'ils progressèrent jusqu'à arriver à un pont. Ils ne savaient pas vers où aller et ne voyaient personne pour les renseigner.

Enfin, ils virent une chauve-souris pendue la tête en bas, faisant sa sieste de la journée. « Oh, chère Sauve-Souris, savez-vous où est passé le Moineau à Langue Coupée ? » demandèrent-ils.

« Oui, de l'autre côté de la montagne et à travers les bois » répondit la Chauve-Souris. Puis elle cligna de ses yeux fatigués et s'endormit à nouveau.

Ils traversèrent le pont et remontèrent la montagne, mais encore une fois, ils trouvèrent deux routes et ne savaient pas laquelle prendre. Une petite Souris des Champs jeta un coup d'œil à travers les feuilles et les hautes herbes, alors ils lui demandèrent : « Savez-vous où est allé le Moineau à la Langue Coupée ? »

« Oui, en bas de la montagne et à travers les bois », leur dit la Souris des Champs.

Ils descendirent de la montagne et allèrent à travers les bois et arrivèrent finalement à la maison de leur petit ami.

Quand il les vit arriver, le pauvre petit Moineau fut bien sûr très heureux. Sa femme, ses enfants et lui vinrent à leur rencontre et baissèrent la tête pour montrer leur respect. Alors le Moineau se leva et conduisit le vieil homme et la vieille femme dans sa maison, tandis que sa femme et ses enfants se hâtèrent de leur apporter du riz bouilli, du poisson, du cresson et du saké.

Après qu'ils se furent régalés, le Moineau voulut leur faire encore plus plaisir, alors il dansa pour eux ce qu'on appelle la « danse des moineaux ».

Quand le soleil commença à tomber, le vieil homme et la vieille femme se préparèrent au départ. Le Moineau sortit deux paniers. « Je voudrais vous en donner l'un deux, » leur dit-il « lequel voulez-vous prendre ? »

Un panier était grand et semblait très rempli, tandis que l'autre semblait bien plus petit et léger. Le vieux couple pensait qu'ils ne prendraient pas le grand panier, car il pouvait contenir tous les trésors du Moineau alors ils dirent : « Le chemin est long et nous sommes très vieux, alors s'il vous plaît, nous prendrons le plus petit. »

Ils le prirent et rentrèrent chez eux au-delà de la montagne et de l'autre côté du pont, heureux et satisfaits.

Quand ils arrivèrent leur maison, ils ouvrirent le panier pour voir ce que le Moineau leur avait donné. Dans le panier, ils trouvèrent de nombreux rouleaux de soie et un tas d'or, assez pour les rendre riches et ils furent alors des plus reconnaissants envers le Moineau.

La vieille femme qui avait coupé la langue du Moineau regardait à travers l'écran quand ils ouvrirent leur panier. Elle vit les rouleaux de soie et le tas d'or et réfléchit à la façon d'en obtenir pour elle.

Le lendemain matin, elle se rendit auprès de la gentille femme et lui dit : « Je suis tellement désolée d'avoir coupé la langue de votre Moineau, s'il vous plaît, dites-moi où il habite que je puisse aller le voir pour lui dire que je suis désolée. »

La gentille femme lui indiqua le chemin et elle est partie. Elle traversa le pont, traversa la montagne et traversa les bois. Elle arriva enfin chez le petit Moineau.

Il n'était pas vraiment heureux de voir cette vieille femme-là, pourtant, il fut très gentil avec elle et fit tout pour qu'elle se sente la bienvenue. Ils firent une fête pour elle et quand elle se prépara au départ le Moineau apporta deux paniers comme avant. Bien sûr, la vieille femme choisit le grand panier, car elle pensait qu'il contiendrait encore plus de richesse que l'autre.

Il était très lourd et s'accrochait aux arbres alors qu'elle traversait les bois. Elle put à peine gravir la montagne avec et elle était à bout de souffle quand elle atteignit le sommet. Elle n'arriva pas au pont avant qu'il ne fasse nuit. Elle avait alors si peur de laisser tomber le panier dans la rivière qu'elle osa à peine avancer.

Quand elle arriva enfin à sa maison, elle était morte de fatigue, mais elle prit le temps de fermer les écrans pour que personne ne puisse regarder à l'intérieur et ouvrit son trésor.

Sacré trésor ! Tout un essaim d'horribles créatures jaillit du panier au moment où elle l'ouvrit. Elles la piquèrent et la mordirent, elles la poussèrent et la tirèrent, elles la griffèrent et rirent de ses cris.

Elle finit par ramper jusqu'au bord de la pièce et à ouvrir un écran pour fuir les créatures. Mais au moment où la porte s'ouvrit, elles se précipitèrent sur elle, la soulevèrent et s'envolèrent avec elle. Depuis lors, on n'a plus jamais entendu parler de la vieille femme.

SHIPPEITARO

Brave Soldat était le nom d'un homme très courageux au Japon. Un jour, il partit pour un long voyage. Il dut traverser des bois et des montagnes. Il traversa des rivières et des plaines. Vers la fin de son voyage, il arriva à une grande forêt. Les arbres étaient si denses et si grands que le soleil ne pouvait jamais y pénétrer.

Le jour durant Brave Soldat se hâta le long du chemin moussu qui menait parmi les grands troncs d'arbre. Il se dit : « Je dois rejoindre le prochain village avant la nuit, sinon je ne trouverai pas d'endroit pour dormir ce soir. » Il accéléra le pas le long de l'étroit chemin.

Au bout d'un moment, il sembla qu'il montait le flanc d'une montagne. Alors qu'il se dépêchait, il lui sembla qu'il faisait de plus en plus sombre. Brave Soldat savait qu'il n'était pas assez tard pour que ce soit la nuit. « Il doit y avoir une tempête à venir, » se dit Brave soldat à lui-même, « car j'entends les arbres soupirer et bruire. Mais maintenant je dois me dépêcher, car je ne veux pas me trouver dehors pendant une tempête. »

Alors Brave Soldat marcha aussi vite qu'il put et espéra qu'il arriverait bientôt dans un village. Le vent s'engouffrait dans les cimes des arbres et la pluie martelait les feuilles au-dessus de lui.

Il faisait si sombre que Brave Soldat pouvait à peine suivre le chemin. « Si je ne trouve pas bientôt une maison ou un village, je m'allongerai sous les arbres pour la nuit ; ce sont mes amis et ils ne laisseront pas m'arriver du mal. »

Il n'avait rien dit de plus qu'il arriva à une clairière. Il faisait moins sombre ici et Brave Soldat vit une sorte de maison érigée au milieu de l'espace ouvert. Il y alla et vit que c'était un vieux temple en ruine. Il semblait que seules les chauves-souris l'occupaient depuis plus de cent ans.

Aucun palais n'aurait été plus accueillant que ce vieux temple en ruines pour le voyageur fatigué. Il trouva le coin où le toit fuyait le moins, se blottit dans son manteau et s'endormit rapidement.

Au milieu de la nuit, un bruit terrible l'éveilla. De tels cris et hurlements ! Cela ressemblait à une armée de chats, chacun essayant de voir qui pouvait faire le plus de bruit. Quand enfin ils s'arrêtèrent un instant, peut-être pour reprendre leur souffle, Brave Soldat entendit une voix qui disait : « Souviens-toi, ne le dis pas à Shippeitaro, tout est perdu si Shippeitaro le sait. »

« Je me demande ce qu'ils font », pensa Brave Soldat. « Je vais retenir le nom de Shippeitaro, car il semble être une personne importante ici. Il se pourrait que je le rencontre un jour. » Puis il se retourna et se rendormit.

Le matin, quand il se réveilla, la tempête était passée et le soleil brillait. Il n'eut alors plus aucune difficulté à trouver son chemin et bientôt, il arriva à un village.

De tous les côtés, il entendit des pleurs et des lamentations. Tous étaient vêtus de blanc, signe que quelqu'un est mort ou mourant.[16]

« Quel est le problème ? Qui est mort ? » demanda-t-il à un vieil homme qui était assis au bord de la route. Au lieu de répondre, le vieil homme désigna une petite maison au bout de la rue.

De jeunes enfants étaient assis à l'entrée d'une maison. Brave soldat leur dit : « Les enfants, pouvez-vous me dire pourquoi tous les habitants de ce village pleurent ? »

Les enfants aussi ne montrèrent que la même maison au bout de la rue.

Quand le guerrier arriva à cette maison, il vit un vieil homme et une vieille femme pleurant comme si leurs cœurs étaient brisés. Une petite fille essayait de les réconforter.

« Ne pleurez pas, ma chère grand-mère, » dit-elle. « Je n'ai pas peur de partir, je suis désolée de devoir vous quitter, mais il faut que quelqu'un s'en aille et les autres femmes du village prendront soin de vous quand je serai partie. »

« Que se passe-t-il ? » demanda Brave Soldat alors qu'il arrivait. « Où vas-tu et pourquoi pleurez-vous tous ? »

« Ce soir, je vais au temple. » répondit la fille. « Chaque année, quelqu'un doit y aller, sinon le monstre détruira le village. Il n'y a personne d'autre cette année, alors j'irai, ils me mettront dans le panier que vous voyez là, à la porte et me porteront à un vieux temple dans les bois et me laisseront là. Je ne sais pas ce qui se passe alors, car ceux qui sont partis ne sont jamais revenus. »

« Où se trouve ce temple ? » demanda Brave Soldat.

« Il se trouve en haut de cette colline, dans les bois » dit la jeune fille, en montrant le temple où lui-même avait passé la nuit.

Brave Soldat se souvint de ce qu'il avait entendu la veille et il se souvint également du nom qu'il avait entendu.

« Y a-t-il quelqu'un par ici qui répond du nom de Shippeitaro ? » demanda-t-il.

---

[16] Au Japon, comme au Viêtnam ou en Inde, le blanc est la couleur du deuil et symbolise la transformation, la renaissance.

« Shippeitaro ? Pourquoi ? C'est notre chien et c'est aussi le plus gentil chien que tu ne verras jamais. » Juste à ce moment-là, un chien noir et maigre se leva et commença à lécher la main de sa maîtresse.

« C'est Shippeitaro », dit la fille, « n'est-ce pas un bon chien ? Tout le monde l'aime. »

« Oui, en effet, il a l'air d'un bon chien, » répondit l'homme. « Je voudrais emprunter un chien comme celui-là pour une nuit, veux-tu bien me le laisser pour cette nuit ? »

« Si vous le ramenez, car il doit rester ici pour prendre soin de grand-mère et grand-père » répondit la jeune fille.

Puis Brave Soldat lui dit ce qu'il avait entendu dans ce temple la nuit d'avant.

« Je veux mettre ce brave chien dans le panier à ta place et voir ce qui va arriver. J'irai voir pour qu'il ne lui arrive aucun mal. »

Le chien sembla comprendre ce qui était attendu de lui et réagit comme s'il était content d'y aller.

Ils le mirent dans le panier qui avait emmené tant de jolies jeunes filles à leur mort. Juste avant la nuit, ils le portèrent à travers les bois du temple qui semblaient les surveiller. Tous sauf le soldat avaient peur de rester, mais il sortit sa bonne épée et attendit calmement.

À minuit, il entendit les mêmes bruits épouvantables. Il regarda dehors et vit une troupe de chats menés par un grand matou féroce. Ils se rassemblèrent autour du panier et en déchirèrent le couvercle. Le bon Shippeitaro en jaillit avec tous les poils hérissés. Il attrapa le matou, qui était vraiment le monstre et en fit rapidement son affaire.

Quand les autres chats virent leur chef tué, ils firent demi-tour et fuirent comme des feuilles dans le vent.

Le soldat rendit alors le courageux chien à sa maîtresse et dit aux gens comment ce brave animal avait fait ce qu'aucun homme n'aurait pu faire et avait sauvé le village du monstre.

Cela ne vous étonnera pas si je vous dis que tous les gens aimèrent Shippeitaro et aimaient aussi avoir une image de lui au-dessus de leur porte ? Ils pensaient que cela repoussait le mal.

LES PREMIERS LAPINS

Les enfants dans le ciel pleuraient tous. « Bou-hou », dit l'un. « Bou-Hou », dit un autre. "Bou-Hou," dirent les autres.

« Les enfants, les enfants, quel est le problème ? » demanda la fée-mère du ciel.

« Nous n'avons rien pour jouer », répondit l'un. « Il n'y a rien à faire », dit un autre. « Nous ne pouvons pas jouer, car il n'y a rien à faire », déclarèrent les autres.

« Pourquoi ne faites-vous pas scintiller les étoiles ? » demanda la fée-mère du ciel.

« Les lumières des étoiles sont toutes éteintes », sanglota l'un. « Le soleil brille et les étoiles sont éteintes », sanglota un autre. « Nous ne pouvons pas faire scintiller les étoiles quand le soleil brille et que les étoiles sont éteintes », sanglotèrent les autres.

« Pourquoi ne frappez-vous pas les tambours du tonnerre ? » demanda la fée-mère du ciel.

« Les tambours du tonnerre sont tous cassés », soupira l'un. « Nous en avons battu tout le tonnerre » soupira un autre. « Nous ne pouvons plus battre les tambours du tonnerre, car le tonnerre en est tout parti » soupirèrent les autres.

« Pourquoi ne secouez-vous pas la neige à travers les tamis ? » demanda la fée-mère du ciel.

« Elle ne passera pas à travers le tamis », déclara l'un. « Nous en avons fait des boules de neige », déclara un autre. « Nous ne pouvons pas secouer la neige à travers le tamis quand elle est en boule », déclarèrent les autres.

« Pourquoi ne faites-vous pas rouler les boules de neige ? » demanda la fée-mère du ciel.

« Oh, nous allons le faire ! » cria l'un. « Oui, nous allons le faire, » cria un autre, « Bien sûr que nous allons le faire » crièrent les autres.

Ils coururent vers le champ de boules de neige.

« Jetons-les » dit l'un. « Lançons-les » dit un autre. « Attrapons-les » dirent les autres.

En haut et en bas, par-ci par-là, vers l'avant, vers l'arrière, il fallait voir danser et voler les boules blanches !

« Oh, regardez ! Elles tombent à travers le sol du ciel » pleure l'un. « Elles tombent toutes à travers les trous scintillants des étoiles » dit un autre. « Elles tombent sur la Terre à travers les trous » déclarèrent les autres.

Les boules de neige sautèrent et rebondir au loin. Les enfants-étoiles commencèrent tous à pleurer de nouveau.

Alors la fée-mère du ciel vint avec une torche pour allumer les lampes-étoiles. « Vous pleurez encore ? » dit-elle. « Quel est le problème cette fois ? »

« Nos boules de neige sont toutes tombées à travers le sol du ciel » déclara l'un d'eux. « Elles sont toutes tombées à travers les trous scintillants des étoiles » déclara un autre. « Elles sont tombées par les trous sur la Terre » déclarèrent les autres.

« Oh les vilaines, vilaines boules de neige » dit la fée-mère du ciel. Elle jeta alors sa torche derrière elles, mais elle leur grilla seulement l'arrière, leur laissant la queue noire.

En bas sur Terre, elles sautillent encore, ces douces boules blanches avec leurs petites queues noires et vous les enfants les appelez les lapins.

Seigneur Sac de Riz [17]

Un guerrier au Japon était sur le point de traverser un pont près d'un lac quand il vit un énorme serpent enroulé sur le pont,[18] de telle façon que personne ne puisse passer. Pensez-vous vraiment que ce guerrier fit demi-tour et s'enfuit, comme tant d'autres le firent ce jour-là ? Non, en effet ! Il savait qu'un pont n'était pas un endroit pour un serpent, alors il marcha vers lui et visa sa tête.

Alors qu'il marchait vers lui, le serpent avait disparu. Seul un nain se tenait devant lui et il inclina la tête vers le sol avec respect.

« J'ai enfin trouvé quelqu'un qui ne soit pas un lâche ! » s'écria le nain. « J'attends depuis des jours de trouver un homme qui a le courage de m'aider, mais personne n'a osé franchir le pont. À ma vue, tous se sont retournés et ont fui. Mais vous, vous êtes un brave. Voulez-vous me faire une grande faveur et sauver beaucoup de vies ? »

Le guerrier répondit :

« Je suis un guerrier de l'Empereur et je suis ici pour sauver les vies et réparer les torts. Dites-moi votre problème et je vais voir ce qui peut être fait pour vous aider. »

« Il y a un terrible mille-pattes [19]», dit le nain, « et il vit dans les bois de la montagne ; il descend tous les jours sur le rivage. Il trempe ses mille pieds vénéneux dans cette belle eau, la souillant. Cela tue aussi tous les poissons du lac. Je suis le roi du lac [20] et j'essaie de trouver un moyen de sauver mes poissons. »

« Je ne sais pas si je peux vous aider, » déclara le guerrier, « mais je vais volontiers venir avec vous et faire tout mon possible. »

---

[17] Le Seigneur Sac de Riz est basé sur un personnage réel de l'époque Heian : Fujiwara no Hidesato, aussi appelé Tawara (« sac de riz ») Toda. En 940, il combat et tue le rebelle Taira no Masakado. Les grands guerriers de l'époque Heian nous sont souvent connus aux travers de faits historiques avérés et d'ajouts mythiques.

[18] Pont de Seta en Ōmi.

[19] Dans les croyances japonaises, le mille-pattes est associé à la mort et à la pollution. On le trouve dans le monde souterrain ou aux enfers.

[20] Le nain est une personnification du Dieu Dragon Ryūjin, dieu de l'eau dont le palais se trouve sous les eaux (dans la mer ou au fond d'un lac selon les mythes).

Le nain l'emmena chez lui au fond du lac. C'était une belle maison, faite de corail et de perles. Ses serviteurs, les crabes et les poissons-lune, leur apportèrent du riz, des fruits et du thé, le tout servi sur de minuscules feuilles vertes. Le thé ressemblait à de l'eau et le riz à de l'écume de mer, mais ils avaient bon goût, alors qu'importe.

Alors qu'ils étaient au milieu de leur festin, ils entendirent un puissant rugissement et un grondement. C'était comme si une montagne se déchirait.

« C'est lui ! » s'écria le nain, « C'est le bruit de ses mille pattes qui écrasent les pierres sur le flanc de la montagne. Nous devons nous dépêcher ou il ira à l'eau et l'empoisonnera à nouveau. »

Ils se précipitèrent au bord du lac et virent que le mille-pattes était déjà très près. Il ressemblait à une armée qui marchait avec des lanternes colorées, car chacune de ses mille pattes brillait de nombreuses et belles nuances de rouge, de vert et d'or.

Le guerrier arma son grand arc et laissa partir une flèche qui vola vers la tête du monstre. Il n'avait jamais manqué son but et la flèche frappa la laide tête du mille-pattes, mais rebondit au loin. Une deuxième flèche fendit l'air, mais elle aussi ricocha. Il n'avait plus qu'une flèche et le monstre était presque au bord de l'eau.

Soudain, il se souvint que quand il était petit, son grand-père lui avait dit que si vous mouilliez la pointe d'une flèche dans votre bouche, elle tuerait n'importe quel monstre.

Il ne lui fallut qu'une seconde pour mouiller la pointe de sa dernière et précieuse flèche et pour l'envoyer siffler vers le mille-pattes. Elle le frappa au front et il tomba raide mort.

Tout à coup le guerrier se retrouva dans sa propre maison, qui était maintenant transformée en château. Devant lui se trouvaient cinq cadeaux, sur chacun d'eux il put lire « avec les remerciements affectueux du Nain ».

Le premier de ces cadeaux était une énorme cloche en bronze, sur laquelle on racontait en images l'histoire du mille-pattes. Le second était une épée qui donnerait toujours la victoire à son propriétaire. Le troisième était une armure si forte qu'aucune épée ou flèche ne pouvait la traverser. Les deux derniers étaient les plus merveilleux de tous. L'un était un rouleau de soie qui pouvait prendre la couleur qu'il souhaitait et plus il utilisait de soie, plus le rouleau grandissait. L'autre était un sac de riz qui ne se vidait jamais, bien qu'il utilisa tout ce qu'il voulait pour ses amis et lui-même.

Ce dernier cadeau semblait si merveilleux aux gens qu'ils l'appelèrent à partir de ce jour Seigneur Sac de Riz.

和漢準源氏
逢生
挑太郎

PÊCHE CHÉRIE

Il y a longtemps vivait ici un vieil homme et une vieille femme qui n'avaient pas pu avoir d'enfant. Ils en étaient très tristes, car ils se disaient : « Qui s'occupera de nous quand nous serons trop vieux pour nous occuper de nous-mêmes ? »

Comme ils n'avaient pas d'enfants à aimer, ils aimaient tous les autres enfants et essayaient de les rendre heureux. Même les chats et les chiens, les oiseaux et les écureuils savaient que le vieil homme et la vieille femme étaient des amis.

Aucun cerisier n'avait d »aussi belles fleurs que ceux qui se trouvaient à la porte de leur chaumière et toutes les abeilles du village venaient bourdonner avec plaisir le long des longues et gracieuses inflorescences de leur saule.

Un jour, le vieil homme dit : « Aujourd'hui, je dois aller dans les montagnes pour faucher de l'herbe. Oh, si seulement j'avais un grand garçon qui pouvait faire ce long voyage pour moi ! Mais je ne dois pas me plaindre, car nous nous avons l'un et l'autre. » Alors il partit, heureux et satisfait malgré tout.

Alors la vieille femme se dit : « Si mon bon mari doit aujourd'hui faire un si long et difficile voyage, moi aussi, je vais travailler. Je vais porter tous ces vêtements à la rivière et les laver. »

Elle arriva bientôt au bord de la rivière, lavant joyeusement, pendant que les oiseaux chantaient au-dessus de sa tête. « Comme nos petits amis sont joyeux aujourd'hui ! » pensa la vieille femme. « Ils gazouillent et chantent comme s'ils voulaient me dire un secret. »

Juste à ce moment, quelque chose descendit la rivière en éclaboussant et roulant dans les eaux et vint se prendre dans ses vêtements propres. La vieille femme prit un bâton pour l'attraper et le sortir. C'était une énorme pêche. « Je vais la ramener à la maison pour le souper de mon mari, lui qui sera si fatigué ; et elle aura très bon goût » se dit-elle. Oh ! Comme les oiseaux chantaient alors !

Ce soir-là, quand le vieil homme rentra de la montagne, sa femme lui dit : « Regarde, voici une pêche pour ton souper ; elle est descendue de la rivière jusqu'à moi. J'imagine que les oiseaux ont dû l'envoyer, car ils ont ri et chanté quand elle est venue à moi. »

Le vieil homme dit : « Apporte-moi un couteau, afin que je puisse la couper en deux et je t'en donnerai la moitié. »

Quand ils ouvrirent la pêche, il y avait là dedans un petit garçon aussi rond et gras que possible. À cause de son premier berceau, ils l'appelèrent « Pêche Chérie [21]» et l'aimèrent comme un enfant envoyé par les dieux.

Alors qu'il devenait grand et fort, ils trouvèrent en effet qu'il était vraiment merveilleux. Personne ne l'égalait en force ni en sagesse. Tous les enfants du village l'aimaient et tous les oiseaux et les animaux étaient ses amis.

Il prenait bien soin à ce que son père et sa mère ne soient plus obligés de travailler aussi dur qu'autrefois « car, disait-il, que puis-je faire sinon de prendre soin de vous au mieux ? »

Quand il devint un jeune homme, il entendit parler du terrible monstre Akandoji. Des années auparavant, ce monstre avait volé beaucoup d'or et d'argent aux villageois. On disait qu'il était si terrible que personne n'osait s'opposer à lui pour essayer de récupérer ces richesses.

Pêche Chérie dit : « Je vais aller combattre ce monstre. Qui vient avec moi ? » Mais comme personne n'osait y aller, il décida d'y aller seul.

Son père et sa mère étaient fiers de leur fils courageux, mais leurs cœurs souffraient en pensant à son départ. Sa mère dit à son père : « Si tu me broies des graines de millet, je ferai des boulettes à notre fils, car elles peuvent lui donner plus de force pour combattre Akandoji. » Alors le vieil homme moulut le grain et la vieille femme fit des boulettes.

Pêche Chérie les mit dans sa poche et commença son voyage. Alors qu'il marchait, un chien vint et renifla avidement les boulettes. Pêche Chérie pensa : « Ce pauvre chien est affamé et je peux me débrouiller avec une boulette de moins, je suis fort et je ne dois pas craindre la faim. » Alors il donna une boulette au chien.

Dès que le chien l'eut mangé, il prit la parole et dit : « Puisque tu m'as donné ta nourriture, j'irai avec toi, car je ne peux pas te laisser seul. » Ils s'en allèrent donc ensemble.

Très vite, ils virent un singe allongé près de la route, haletant comme s'il souffrait. Pêche Chérie s'arrêta pour voir ce qui se passait et l'entendit dire : « Oh, si j'avais ne serait-ce qu'une bouchée de quoique ce soit je ne devrais pas mourir. » Alors Pêche Chérie prit une autre boulette de sa bourse et la donna au singe.

---

[21] Cette histoire est en fait celle de Momotarō (« garçon-pêche »). Ce personnage et ce mythe sont extrêmement populaires au Japon.

Après l'avoir mangé, le singe était tellement mieux qu'il dit : « Puisque tu m'as sauvé la vie, j'irai avec toi, car je pourrai peut-être t'aider un jour. » Alors les trois partirent ensemble.

Alors qu'ils poursuivaient leur chemin, un faisan plana près d'eux. Craignant que quelque chose n'allait pas avec ses petits, Pêche Chérie s'arrêta et lui demanda ce qui le troublait. En langage des oiseaux, il répondit : « Oh, monsieur, mes petits sont affamés. Je ne sais pas quoi faire ! »

« Quoi faire ? » dit Pêche Chérie. « Et bien donne-leur cette boulette et si jamais vous avez à nouveau faim, viens à moi, je ne vous laisserai pas mourir de faim. »

Peu après ils arrivèrent au bord de la mer, alors ils montèrent dans un bateau et partirent pour l'île d'Akandoji. Au moment où ils partirent, il y eut un battement d'ailes et le faisan descendit dans le bateau avec eux.

« Chère Pêche Chérie, » dit-il, « si tu dois faire face à des dangers, j'irai aussi, car je pourrais peut-être t'aider. »

Après une longue traversée, ils atteignirent l'île du monstre et escaladèrent la colline escarpée qui menait à la porte de son château. Pendant cette ascension, le singe fut très utile grâce à ses quatre mains et pieds ainsi qu'à une longue et solide corde attachée à son corps.

Quand ils atteignirent la grande porte du château, ils commencèrent tous les quatre à faire le plus de bruit possible. L'homme cria, le chien aboya, le faisan cria et le singe jacassa, tandis que tous frappèrent la porte avec des pierres.

Les gens à l'intérieur pensaient qu'une grande armée était sur eux, alors ils ouvrirent les portes et fuirent.

Pêche Chérie chercha jusqu'à ce qu'il trouve Akandoji, qui était sur le point de lui lancer une grosse pierre. Il esquiva la pierre et prit le monstre dans ses bras, tandis que le singe l'attachait avec des cordes. Quand il se retrouva vaincu, Akandoji accepta de rendre toutes les richesses volées. Alors ses hommes transportèrent de grands sacs d'or et chargèrent le bateau de Pêche Chérie.

Puis la voile s'éleva et au fur et à mesure que le vent les emportait au loin, l'île d'Akandoji devint de plus en plus petite et finit par disparaître.

À leur retour, tout le village fut heureux, mais personne ne l'était autant que le vieil homme et la vieille femme. Les villageois étaient maintenant très fiers de Pêche Chérie et lui parlèrent comme à un grand homme, mais il leur dit : « Donner tout l'honneur à mes trois compagnons, car ce sont eux qui ont tout fait. »

Pêche Chérie vécut de nombreuses années et fut toujours aimable et sage. Beaucoup de gens du village venaient lui demander de l'aide et une fois les gens lui apportèrent une merveilleuse pêche façonnée en or ; ils lui dirent : « Nous vous aimons tous pour nous avoir rapporté nos richesses, mais nous vous aimons beaucoup, beaucoup plus pour votre sagesse et votre gentillesse envers nous. »

Le Vieil Homme à la Verrue

Il était une fois un vieil homme qui avait une verrue sur le côté de son visage. C'était une verrue tellement énorme qu'elle ressemblait à une pêche. Elle lui faisait mal à chaque fois qu'il mangeait son riz ou buvait son thé, mais il ne se plaignait jamais.

Un jour, il monta dans les montagnes et coupait du bois lorsqu'une terrible tempête se leva. Les pins, qui murmuraient habituellement une chanson douce et chuchotée, hurlaient et gémissaient quand le vent les traversait.

Il trouva un arbre creux et y monta. Ici, il était au chaud et au sec pendant que la pluie battait comme si le ciel même tombait.

Il n'avait encore jamais été dans une telle tempête et alors qu'il écoutait le vent et respirait l'odeur fraîche et humide de la pluie, il était heureux d'être là. Les grands pins centenaires se tordaient et se couchaient comme de l'herbe.

Le vieil homme pensait qu'il était seul dans les bois, mais il entendit bientôt des voix qui se rapprochaient de plus en plus. « Ils doivent apprécier la tempête », pensa-t-il, car ils chantaient et criaient joyeusement.

Leurs voix ne sonnaient pas tout à fait comme celle des hommes, mais plutôt comme la course du vent et le mouvement des arbres.

Ils avaient allumé un feu qui sautait en petites langues de flammes acérées, ressemblant à des éclairs. Alors que chaque flamme éclairait la forêt, il vit que ses joyeux compagnons étaient les Esprits de la Tempête. Ils s'assirent en cercle autour du feu et commencèrent leur chanson. Si vous pouviez les entendre !

Cela ressemblait au vent qui fouettait les cimes des arbres, ou aux brises qui couchaient les grandes herbes. C'était comme de grandes vagues qui dégringolaient sur le rivage, ou de minuscules gouttes de pluie qui martelaient des feuilles sèches.

Il semblait que tous les arbres prenaient plaisir à se balancer et à se plier au gré du vent.

Le vieil homme ne pouvait pas rester immobile. Il sauta au milieu du groupe et commença à danser. L'air était doux. L'herbe avait une légère odeur fraîche. Il semblait danser comme les arbres et les fleurs. Il se pencha, se balança et s'inclina comme un saule près d'une rivière. La chanson devint de plus en plus douce jusqu'à ce que les arbres s'immobilisent et que le soleil perce à travers les nuages. Enfin, le vieil homme s'assit pour se reposer.

Alors, les Esprits de la Tempête dirent : « Oh, brave homme, reviens nous voir pour danser pour nous. Pour être sûr que tu reviennes, nous te prendrons cette pêche qui pousse sur le côté de ton visage. N'est-ce pas la chose la plus précieuse que tu possèdes ? » Ils prirent ainsi sa verrue et le laissèrent partir.

Quand il arriva à la maison, sa femme cria : « Oh, mon cher époux, qu'avez-vous fait de votre verrue ? » Puis il lui raconta toute l'histoire et ils furent tous deux très heureux.

Ces personnes âgées avaient un voisin qui avait aussi une verrue, mais sur le côté gauche de son visage. Cette verrue était rouge et brillante comme une pomme. Il entendit comment les Esprits de la Tempête avaient pris la verrue de l'autre homme alors, lui aussi, alla à la montagne et se faufila dans l'arbre creux. Là, il attendit jusqu'à ce que la tempête arrive.

Comme elle faisait rage ! La pluie frappait les feuilles comme des fouets et la foudre déchirait les nuages noirs. Ce vieil homme frissonna et trembla de peur.

Enfin, les Esprits de la Tempête le virent et le traînèrent en avant pour qu'il danse pour eux, mais il était si effrayé qu'il ne put que frissonner et trembler.

Alors ils se mirent en colère et dirent : « Eh bien, si tu ne peux pas danser mieux que cela, nous n'avons plus besoin de toi. » Alors ils lui mirent l'autre verrue sur le côté droit de son visage et le firent partir.

Pauvre homme ! Il était déçu d'être venu, car il avait maintenant une verrue sur chaque joue et en plus était trempé jusqu'aux os.

LES 81 FRÈRES

Près de Tajima, sur la côte nord du Japon, vivait un puissant prince qui avait quatre-vingt-un fils. Quatre-vingts d'entre eux étaient des hommes audacieux et fiers et ils détestaient leur plus jeune frère, le quatre-vingt-unième.

Ce plus jeune frère était gentil et bon avec tout le monde. Ses frères aînés lui disaient : « Ce n'est pas une façon d'agir pour un prince, tu traites les gens comme si tu étais un simple bûcheron et non comme un cousin de l'Empereur lui-même. »

Mais malgré tout ce qu'ils pouvaient dire, le plus jeune prince était toujours aussi gentil avec le peuple et ses frères le détestaient de plus en plus.

Il y avait une belle princesse à Inaba que tout le monde voulait voir. Les quatre-vingts frères dirent : « Allons voir cette merveilleuse princesse. » Alors ils partirent, en rang par deux. Cela faisait une sacrée procession !

Ils emmenèrent avec eux leur plus jeune frère, le quatre-vingt-unième, pour porter leurs paquets et s'occuper d'eux, mais il dut marcher derrière.

Ils marchèrent à travers les collines et les vallées et atteignirent le cap Keta.

Là, ils trouvèrent un pauvre petit lièvre sans une once de fourrure sur le dos. Chaque morceau avait été arraché et il restait là sans rien pour le protéger du soleil brûlant.

« Oh, mes bons amis, » s'écria le pauvre lièvre aux quatre-vingts frères, « je suis sur le point de mourir, pouvez-vous me dire ce qu'il faut faire pour faire repousser ma fourrure ? »

Les fiers et cruels frères se moquèrent du pauvre lièvre et répondirent : « Tu veux que tes poils repoussent ? Eh bien, tu as juste à aller te baigner dans l'eau salée de l'océan, puis tu vas t'allonger sur un haut rocher où le soleil peut te chauffer et le vent te souffler dessus. » Puis ils continuèrent leur chemin en riant.

Le lièvre fit ce qu'ils lui avaient dit de faire. Oh, comme l'eau salée piqua sa pauvre peau ! Oh, comme le soleil et le vent la brûlèrent et la craquèrent !

Il gisait là gémissant et pleurant de douleur. Tout à coup, il entendit quelqu'un appeler : « Que se passe-t-il ? As-tu besoin d'aide ? »

« Oh, je suis en train de mourir ! » répondit le lièvre. Puis il entendit quelqu'un grimper dans les rochers et l'instant d'après le quatre-vingt-unième frère se tenait près de lui.

Le pauvre jeune prince portait tellement de ballots qu'il pouvait à peine marcher. « Qu'est-ce qui te tracasse, pourquoi gémis-tu ainsi ? » demanda-t-il au lièvre.

« C'est une longue histoire, » dit le lièvre, « et quand j'aurai fini, peut-être penserez-vous que je mérite de souffrir, mais je vous dirai tout. »

« J'étais sur l'île d'Oki et je voulais atteindre ce pays, mais je n'avais pas de bateau... Finalement, je trouvai un plan ; je descendis au bord de la mer et j'attendis d'apercevoir un crocodile sortir la tête de l'eau. »

« Puis j'ai appelé, 'Croco-croco-crocodile, viens ici, je veux te parler.' Il est venu près de moi et je lui ai dit : 'Combien de crocodiles y a-t-il dans la mer ?'

'Il y a plus de crocodiles dans la mer qu'il n'y a de boutons sur mon dos', me répond le crocodile.

'Mais il n'y en a pas autant que nous', lui dis-je, 'il y a plus de lièvres sur la Terre que de poils sur mon dos.'

'Comptons', me dit le crocodile.

'D'accord', répondis-je, 'vous, crocodiles, vous alignerez d'ici au cap Keta et je vous passerai sur la tête tout en vous comptant, puis nous compterons les lièvres et verrons bien qui sont les plus nombreux.'

Alors les crocodiles se sont tous alignés et le plus éloigné a juste touché le Cap Keta.

J'ai sauté sur leur dos et j'ai couru aussi vite que possible vers le Cap Keta, en comptant au fur et à mesure que je courais.

Mais j'ai été stupide : au moment où j'atteignais le dernier crocodile, j'ai dit : 'Que vous êtes bêtes ! Pensez-vous que je me soucie de combien vous êtes ? Vous m'avez fait un bon pont et c'est tout ce que je voulais. Au revoir.'

Le dernier crocodile m'a attrapé quand j'ai dit cela et a arraché tous les poils de mon corps.

'Nous aimerions bien savoir combien il y a de lièvres', a-t-il dit, 'alors nous allons simplement compter tes poils et nous saurons'. Là-dessus, toute la rangée de crocodiles a ouvert la bouche et a rit de moi. »

« Eh bien, ça t'a bien servi de leçon pour avoir été si retord, mais continue ton histoire » dit le quatre-vingt-unième prince.

« Oui, je sais que cela m'a bien servi de leçon pour ce que j'avais fait et je ne le ferai plus jamais » dit le pauvre lièvre. « Mais après que toute ma fourrure soit partie, je pleurais quand quatre-vingts princes sont arrivés. Ils se sont moqués de moi, car je n'avais plus un poil et m'ont dit de me baigner dans l'eau salée de l'océan, puis de me coucher au soleil et sous le vent ; je l'ai fait et maintenant, je souffre terriblement ! »

Le quatre-vingt-unième prince se sentit très triste pour le pauvre lièvre, alors il le porta à une source d'eau claire.

« Baigne-toi dans cette eau », dit-il, « et cela enlèvera tout le sel, j'écraserai quelques feuilles et leur jus fera repousser ta fourrure. »

Quand cela fut fait, le lièvre se sentit mieux que jamais et sa fourrure recommença à pousser.

Alors le prince ramassa ses ballots et commença à rattraper ses frères.

Quand enfin le pauvre garçon fatigué atteignit Inaba, il y retrouva ses frères qui étaient très contrariés. En effet, la belle princesse ne se souciait pas de les voir et ils grondèrent le quatre-vingt-unième prince comme si c'était de sa faute.

Ils étaient sur le point de rentrer chez eux lorsqu'un messager vint de la part de la princesse.

« Ah ! » s'écria le premier prince, « Elle veut me voir, elle l'envoie me chercher, je le sais. »

« Oh, non ! » cria le second prince. « C'est moi qu'elle veut. Je sais qu'elle l'envoie pour moi. »

Le troisième prince cria : « Bande d'idiots, vous savez bien que je suis celui qu'elle veut ! Je suis bien plus beau que n'importe lequel d'entre vous. C'est évidemment moi qu'elle veut. »

Le messager attendit qu'ils soient enfin calmes puis dit : « Sa Majesté, la Princesse d'Inaba, veut que le porteur des quatre-vingts princes s'avance. »

Le quatre-vingt-unième prince déposa son fardeau et suivit le messager. Il l'emmena au palais, dans une pièce où était assise la plus belle femme qu'il lui ait été donnée de voir. À côté d'elle, se tenait un lièvre dont la fourrure commençait à peine à repousser.

La princesse lui dit : « Mon ami, je vous ai fait demander pour vous remercier de ce que vous avez fait pour mon lièvre. Il vient juste de m'en parler. Comment ce peut-il qu'un homme aussi gentil ne soit qu'un serviteur ? »

Alors le quatre-vingt-unième prince lui dit : « Je ne suis pas un serviteur, ô si belle princesse, mes quatre-vingts frères venaient vous voir et me faisaient marcher derrière et porter leurs ballots, mais je suis tout aussi prince qu'eux. »

« Comment puis-je vous remercier pour tout ce que vous avez fait pour mon pauvre lièvre ? Demandez tout ce que vous désirez et je vous le donnerai. »

« La chose que je souhaite le plus au monde est de vivre ici avec vous » répondit le prince.

Ainsi, il y avait maintenant un prince et une princesse sur cette terre et ils avaient pour compagnon un lièvre.

Quant aux quatre-vingts frères, ils s'aperçurent qu'ils n'avaient plus qu'à rentrer chez eux et cette fois, ils devraient porter leurs propres ballots.

———

La Fille du Coupeur de Bambou

La Princesse des Bambous

Un vieux coupeur de bambou rentrait chez lui à travers les ombres du soir. Au loin parmi les tiges du bambou plumeux, il vit une douce lumière. Il se rapprocha pour voir ce dont il s'agissait et vit que cela venait d'une des tiges.

Il ouvrit la tige de bambou avec soin et y trouva une toute petite fille. Elle mesurait seulement quelques centimètres, mais elle était aussi belle qu'une fée. Et en effet, il se demanda s'il ne s'agissait pas vraiment d'une fée.

Il la porta à sa maison et raconta à sa femme comment il l'avait trouvée. Ils étaient très contents, car ils n'avaient pas d'enfant, alors ils l'aimèrent comme leur propre fille. En quelques années, elle était devenue une jeune femme. Elle était aussi douce et gentille qu'elle était belle. Une douce lumière semblait toujours la suivre.

Quand vint le moment de la nommer, ils l'appelèrent la Princesse des Bambous,[22] parce qu'elle avait été trouvée parmi les bambous et parce qu'elle était plus belle que n'importe quelle princesse.

Les gens eurent vent de sa grande beauté et beaucoup jetèrent un coup d'œil à travers la haie au bord du jardin dans l'espoir de la voir. Tous ceux qui la virent la trouvèrent si belle qu'ils revinrent pour la revoir.

Parmi ceux qui venaient souvent à la haie, se trouvaient cinq princes. Chacun d'eux pensait que la Princesse des Bambous était la plus belle femme qu'il ait jamais vue et chacun la désirait comme femme.

Alors chacun des cinq princes écrivit au père de la princesse pour demander de l'épouser. Il se trouva que les cinq lettres furent apportées au vieil homme en même temps.

Le vieil homme ne savait pas lequel choisir, ni quoi faire. Il avait aussi peur que s'il choisissait un des princes, les quatre autres seraient en colère.

---

[22] Dans le folklore japonais, cette princesse est connue sous le nom de Kaguya-hime (« princesse Kaguya »).

Mais la princesse avait un plan. « Faites-les tous venir ici », dit-elle, « alors nous pourrons mieux choisir. »

Un jour donc, les cinq princes vinrent à la maison du coupeur de bambou. Ils étaient très heureux d'avoir une nouvelle chance de la voir et chacun pensait qu'il serait celui qu'elle épouserait. Mais la princesse ne voulait en épouser aucun. Elle voulait rester avec son cher père et sa chère mère. Elle voulait prendre soin d'eux aussi longtemps qu'ils vivraient. Alors elle donna à chacun quelque chose d'impossible à faire.

Au premier, elle demanda d'aller en Inde et de trouver le grand bol de pierre de Bouddha.[23] Le second devait lui apporter une branche des arbres aux joyaux qui poussaient sur la montagne flottante de Horai.[24] Le troisième prince demanda ce qu'il pourrait faire pour montrer son amour. La princesse lui dit qu'il pourrait lui apporter une robe faite de la peau des rats de feu. Elle demanda au quatrième d'apporter un joyau du cou du dragon des mers et le cinquième prince lui offrit de lui apporter le coquillage que les hirondelles gardent caché dans leurs nids.

Les princes se dépêchèrent de partir, chacun désireux d'être le premier à revenir et ainsi à se marier avec la belle Princesse des Bambous.

Le Grand Bol de Pierre

Les gens disent que loin en Inde il y a un bol de pierre qui appartenait au grand dieu Bouddha. Ils disent aussi qu'il brille et scintille comme s'il était serti des plus belles pierres précieuses.

Il est caché dans les ténèbres d'un grand temple. Peu l'ont vu, mais ceux qui ont eut cette chance ne cessent de louer sa beauté.

Le prince qui promit d'aller en Inde à la recherche du bol était un homme très paresseux. Au début, il voulait vraiment y aller, mais plus il y pensait et plus il se sentait paresseux.

Il demanda à des marins combien de temps il fallait pour aller en Inde et en revenir. Ils dirent qu'il faudrait trois ans. Cette réponse le conforta dans l'idée de ne jamais y aller. Tout comme l'idée de passer trois ans à la recherche d'un bol et un vieux en plus !

---

[23] Existant une multitude de bouddhas, il s'agit ici du bouddha historique Siddhārtha Gautama dit Shakyamuni (appelé Shaka au Japon). On parle de lui comme le Bouddha avec une majuscule (« l'Éveillé »).

[24] Nom japonais de la montagne mythique chinoise Penglai Shan.

Il partit alors dans une autre ville et y resta trois ans. À la fin de cette période, il entra dans un petit temple. Là, il trouva un vieux bol de pierre placé devant le sanctuaire.
Il prit le bol et l'enveloppa dans un tissu de la plus riche des soies. Il y attacha une lettre racontant son long et dur voyage pour trouver le bol. Puis il l'envoya à la princesse.

Quand la princesse lut la lettre, elle fut désolée qu'il ait tant souffert pour lui apporter le bol. Puis elle ouvrit le paquet de soie et vit le bol taillée dans une pierre toute banale. Elle comprit qu'il avait essayé de la tromper et en fut très fâché.
Quand il vint, elle ne le reçut même pas, mais lui fit remettre le bol et la lettre.
Le prince fut très triste, mais il savait qu'il l'avait mérité, alors il rentra chez lui. Il garda le bol pour lui rappeler que rien de bon ne peut vous arriver dans ce monde à moins que vous ne travailliez pour l'obtenir.

LA BRANCHE DE L'ARBRE AUX JOYAUX

Le prince qui partit chercher la branche de l'arbre aux joyaux était très rusé et très riche.
Il ne croyait pas à une montagne flottante appelée Horai. Il ne croyait pas aux arbres d'or avec des bijoux pour feuilles.
Cependant, il dit qu'il allait partir à sa recherche. Il dit au revoir à tous ses amis et descendit sur la côte. Là, il congédia tous ses serviteurs sauf quatre, car il disait qu'il ne voulait pas s'embarrasser pendant son voyage.

Il s'écoula trois ans sans que quiconque ne le revoie ou n'entende parler de lui. Puis il apparut soudain devant la princesse, portant une merveilleuse branche d'or avec des boutons de fleur et des feuilles faits de joyaux colorés.
Elle demanda au prince de lui raconter son voyage. Il s'inclina et commença son histoire.
« Je suis parti d'ici, » dit-il, « ne sachant pas où aller. Je laissais le vent et les vagues me porter où ils voulaient. »
« Nous avons croisé de nombreuses villes magnifiques et des contrées étranges. Nous avons vu les grands dragons de mer allongés sur l'eau, dormant pendant que les vagues les berçaient. Nous avons vu les serpents de mer jouer au fond de l'océan. Nous avons vu d'étranges oiseaux aux corps d'animaux. »

« Parfois, nous naviguions avec un vent doux et parfois nous flottions sans vent pour nous pousser pendant des jours et des semaines. »

« Parfois, des tempêtes violentes se sont levées. Des vagues se sont élevées hautes comme des montagnes. Des vents sauvages ont balayé nos voiles. Nous avons été chassés et jetés dans des territoires inconnus. »

« Nous avons de nouveau vu de grands rochers sur lesquels les vagues se sont fracassées dans des averses d'écume blanche. »

« Pendant des jours et des semaines, nous n'avions plus rien à manger et pas d'eau à boire. Les grandes vagues vertes qui nous entouraient nous rendaient d'autant plus désireux d'avoir de l'eau, mais nous ne pouvions pas boire cette eau salée. »

« Enfin, au moment où je pensais que nous mourrions sûrement, je vis une grande montagne sortir sa tête noire de la mer du matin. Nous nous sommes empressés d'y aller : c'était la montagne flottante de Horai. »

« Nous en avons fait plusieurs fois le tour avant de trouver un endroit pour accoster. J'aperçus finalement une petite anse pour y jeter l'ancre. Quand je mis pied à terre, une très jolie fille se tenait là avec un panier de nourriture. Elle posa le panier et disparut immédiatement. »

« J'étais presque mort de faim, mais je n'ai pas touché à la nourriture avant d'avoir cassé une branche de l'un des arbres d'or pour vous la ramener. Puis je suis retourné sur mon bateau. »

« Les hommes étaient reconnaissants pour la nourriture et nous avons festoyé toute la journée. Le matin, quand le soleil s'est levé, la montagne était partie. »

« Un vent fort soufflait et en quelques jours nous sommes rentrés à la maison. Je suis venu directement du bateau pour vous apporter cette branche. »

La princesse avait les larmes aux yeux en pensant aux souffrances qu'il avait endurées pour lui ramener cette branche de joyaux.

Mais juste à ce moment trois hommes arrivèrent en cherchant le prince. « Pouvez-vous nous payer maintenant ? » demandèrent-ils. Le prince commençait à les chasser, mais la princesse leur demanda de rester.

« Que souhaitez-vous ? » leur demanda-t-elle.

« Depuis trois ans, nous travaillons à fabriquer cette belle branche en or. Maintenant que nous avons fini, nous voulons être payés.

- Où étiez-vous ces trois dernières années ?

- Dans une petite maison au bord de la mer.

- Le prince était-il avec vous ?

- Oui. »

Le prince était en colère et honteux. Il savait que la princesse n'aurait plus jamais confiance en lui, alors il partit vivre très loin dans un autre pays.

La princesse donna la branche de joyaux aux artisans pour les dédommager de leurs années de travail ; ils partirent donc heureux, louant la princesse pour sa gentillesse.

LA ROBE DE FEU

Le troisième prince devait rapporter la robe faite de la fourrure des rats de feu. Il était riche et très aimé. Il avait des amis partout à travers le monde dont un très cher qui vivait en Chine.

Le prince lui envoya un messager avec un grand sac plein d'or, lui demandant de trouver la robe faite des peaux des rats de feu.

Quand l'ami lut la lettre, il fut très triste. « Comment puis-je faire cela ? » dit-il. « Qui a jamais entendu parler d'une telle chose ? Pourtant, je ferai tout mon possible pour mon ami le prince Abe, alors j'essaierai. »

Il envoya des messagers dans toute la Chine à la recherche de la merveilleuse robe, mais ils revinrent dépités, disant qu'ils n'avaient pas pu la trouver.

Il envoya des messagers dans chaque temple demander aux prêtres s'ils savaient quelque chose de cette robe et où elle pouvait être trouvée, mais la réponse était toujours la même. Personne n'avait jamais entendu dire où elle se trouvait, bien que tout le monde ait entendu dire qu'une telle robe existait.

Il envoya des messagers à tous les marchands qui allaient d'un endroit à l'autre pour acheter et vendre des marchandises. Aucun d'eux ne savait.

Il se dit finalement : « Cette robe que le prince Abe demande, personne ne parvient à la trouver. Une telle chose ne peut exister. Demain, je lui rendrai son sac d'or et lui dirai que j'ai cherché de mon mieux. Mais que je n'ai pas pu trouver ce qu'il veut. »

Le lendemain matin, alors qu'il était sur le point d'envoyer le messager au Japon, il entendit un grand raffut dans la rue et regarda dehors. Une grande troupe de mendiants passait.

« Je vais leur demander s'ils ont entendu parler de cette robe de feu » pensa-t-il. Ainsi, tous les mendiants furent menés devant lui.

Ils étaient surpris d'être ainsi invités dans la maison de ce grand seigneur et de se trouver dans la même pièce que lui.

Il leur dit ce qu'il voulait et leur demanda si dans leurs pérégrinations, ils avaient entendu parler de cette robe de feu et s'ils savaient où il pourrait la trouver.

Ils le regardèrent tous avec surprise. Certains lui rirent presque au nez. Quelle idée ! Que lui, l'un des plus grands seigneurs du pays, leur demande à eux, simples mendiants, une robe de feu !

L'un après l'autre, ils lui dirent qu'ils en avaient entendu parler, mais que ce n'était qu'une histoire, car rien de tel n'existait.

Finalement tous étaient partis sauf un vieil homme. Boitant, il avança lentement jusqu'au seigneur et s'agenouilla devant lui.

« Mon seigneur, dit-il, quand j'étais enfant, je me souviens avoir entendu mon grand-père parler de cette robe de feu, qui était conservée dans un temple au sommet d'une certaine montagne, à des centaines de kilomètres d'ici. »

Le seigneur en était ravi, mais se demandait pourquoi ses messagers n'avaient pas trouvé ce temple. Il envoya chercher celui qui avait visité les temples dans cette partie du pays.

Cet homme déclara qu'il n'y avait pas de temple sur cette montagne.

« Il y en avait un au temps de mon grand-père, dit le mendiant, car il y était et avait vu de ses propres yeux la belle robe de feu. »

Le Seigneur envoya des messagers pour rechercher cette montagne et trouver le temple à son sommet. Le vieux mendiant partit avec eux.

Quand ils l'atteignirent, ils ne trouvèrent aucun temple, seulement un tas de pierres. Ils fouillèrent un long moment et trouvèrent finalement une grande boîte de fer enfouie sous les pierres.

Ils ouvrirent la boîte et y trouvèrent, enveloppée dans de nombreux plis de luxueuse soie, une belle et étrange robe en fourrure. Ils l'emportèrent joyeusement au seigneur, qui était très heureux de la recevoir, vous pouvez en être sûr.

Il l'envoya le plus vite possible au prince Abe, qui n'était pas moins heureux de la recevoir que son ami l'avait été.

Il la sortit de la boîte de fer, déplia les pans de la luxueuse étoffe et regarda avec ravissement la belle fourrure argentée. « Ah, comme la Princesse des Bambous va être belle avec cette robe ! » pensa-t-il.

Puis il se souvint que chaque fois que cette merveilleuse robe était mise dans le feu, elle en sortait plus brillante qu'avant.

« Rien n'est trop beau pour la belle Princesse des Bambous, alors je vais la mettre une fois de plus au feu, la robe sera ainsi plus belle pour elle qu'elle ne l'aura jamais été pour qui que ce soit d'autre."

Alors il ordonna qu'un brasero soit amené et déposa l'éblouissante robe d'argent sur les charbons ardents.

Comme un éclair, les flammes rouges se levèrent et avant qu'il ne puisse l'arracher du feu, il ne restait de la robe plus que de la fumée argentée dansant dans le vent et des cendres argentées obscurcissant le rouge des braises.

Pauvre Prince Abe ! Il en avait le cœur brisé. Il ne pouvait pas blâmer son fidèle ami, car il avait fait de son mieux. Il était content de ne pas l'avoir apporté à la princesse avant de savoir que ce n'était pas la bonne robe, car alors elle aurait pu penser qu'il voulait la tromper.

Il pouvait seulement lui écrire pour lui raconter toute l'histoire puis il s'en alla pour toujours.

La princesse fut très triste quand elle sut ce qui s'était passé, car elle comprit que cet homme était honnête.

Elle lui envoya un billet lui demandant de venir la voir, mais il était déjà parti et elle n'entendit plus jamais parler de lui ni ne le revit.

LE COQUILLAGE DANS LE NID D'HIRONDELLE

Le prince qui devait trouver le coquillage caché dans le nid d'hirondelle était un homme très fier et noble. Quand il revint de sa visite chez la princesse, il appela le chef de ses serviteurs.

« Savez-vous quelque chose à propos du coquillage que les hirondelles gardent caché dans leur nid ? » demanda-t-il.

L'homme le regarda surpris. « Le coquillage dans le nid d'hirondelle ? Quel nid ?

- Je ne sais pas. Je veux que tu le découvres. Et je veux ce coquillage.

- Peut-être que le jardinier en saura plus à ce sujet, puis-je lui demander ? » Alors il appela le jardinier.

« Sais-tu où est le coquillage que les hirondelles gardent caché dans leur nid ? demanda-t-il au jardinier.

- Non, je ne l'ai pas vu. Tu le veux ? Je demanderai au porteur d'eau pour savoir s'il l'a vu. » Alors il appela le porteur d'eau.

Le porteur d'eau dit qu'il ne savait rien de ce coquillage, mais appela un autre homme. Cet homme en appela un autre et ainsi de suite, jusqu'à ce que tous les serviteurs aient été appelés. Personne n'avait jamais vu le coquillage.

Enfin, ils demandèrent aux enfants. Un petit garçon pensa qu'il en avait vu un une fois. Il était monté sur le toit de la cuisine à la recherche d'œufs d'hirondelles et pensait avoir vu un coquillage dans l'un des nids. Peut-être était-ce le coquillage que le prince voulait.

Le prince fut ravi et ordonna à ses hommes d'aller fouiller les nids d'hirondelle sur le toit de la cuisine. Ils allèrent voir, mais ils lui dirent qu'ils ne pouvaient pas atteindre les nids, car ils étaient tout en haut du toit.

« Trouvez donc un moyen de les atteindre ! rugit le prince, Cherchez dans chaque nid et ne revenez que lorsque vous l'aurez. »

Les hommes passèrent trois jours à essayer de grimper, mais ils échouèrent. Enfin, ils trouvèrent qu'avec une corde et un panier, un homme pouvait être hissé pour pouvoir regarder dans les nids. Ils fouillèrent encore et encore, mais ne trouvèrent aucun coquillage.

Le prince finit par s'impatienter et descendit lui-même à la cuisine pour voir ce qu'ils faisaient.

« Avez-vous enfin trouvé le coquillage ? demanda-t-il.

- Non, il n'y a pas de coquillage ici » répondirent les hommes.

Alors le prince devint furieux et insista pour être hissé pour voir de lui-même. Les hommes essayèrent de le dissuader, mais il sauta dans le panier et leur ordonna de tirer immédiatement. Les hommes n'osèrent pas refuser, alors ils tirèrent la corde et le hissèrent vers le haut.

Quand il atteignit les nids, les hirondelles commencèrent à le frapper de leur bec, car elles ne voulaient pas voir tous leurs œufs brisés et leurs nids mis en pièces. Elles volèrent sur lui si furieusement qu'elles faillirent lui crever les yeux.

« À l'aide ! Au secours ! » cria-t-il. Les hommes commencèrent à abaisser le panier. Juste à ce moment, il se souvint de son besoin de trouver le coquillage et plongea sa main dans un nid. Il y avait quelque chose de dur dedans. Il le saisi, mais perdit son équilibre et tomba. Au lieu de redescendre avec le panier, il tomba directement sur un brasier incandescent.

Ses hommes le retirèrent du feu dès que possible, mais il était déjà gravement brûlé. Dans sa main, il tenait une coquille, c'est vrai, mais c'était une coquille d'œuf et l'œuf était écrasé et avait éclaboussé sa main et son visage.

Il décida que c'en était assez de ce coquillage dans un nid d'hirondelle. Au moment où ses brûlures et ses contusions étaient guéries, il avait tout oublié de la princesse et de sa demande et il ne grimpa plus jamais pour jeter un œil dans les nids d'hirondelle.

LE JOYAU DU DRAGON

Prince Hautain était celui qui devait aller chercher le joyau du dragon. C'était un grand fanfaron et un grand lâche.

Bien sûr, il avait l'intention d'obtenir le joyau du dragon, mais vous pouvez être sûr qu'il n'allait pas s'en donner la peine lui-même.

Il réunit la grande foule de ses serviteurs et de ses soldats et leur expliqua ce qu'il voulait. Il leur donna beaucoup d'argent pour leurs besoins de voyage et leur dit de partir et de ne pas revenir tant qu'ils ne lui rapportaient pas le joyau du dragon.

Les hommes prirent l'argent assez rapidement et partirent, mais pas pour trouver le joyau du dragon. Qu'est-ce qu'ils en avaient à faire ?

Ils ne croyaient pas qu'une telle chose existait et s'il y en avait bel et bien un, ils étaient assez sûrs que le vieux dragon allait tout faire pour le garder. Ils ne se soucièrent donc pas d'essayer de le lui enlever.

Pendant ce temps, Prince Hautain faisait construire un palais pour la princesse. Il ne doutait pas un instant qu'il ne la gagnerait pas, alors il lui fallait un palais prêt à la recevoir.

Il n'y avait jamais eu de si beau palais dans cette partie du pays. Tout le bois était laqué, sculpté ou incrusté d'or et de pierres précieuses. Les murs étaient ornés de tapisseries de soie peintes par les meilleurs artistes.

Puis il attendit que ses hommes apportent le joyau, mais ils ne vinrent pas. Il attendit toute une année. Puis, très en colère, il décida qu'il irait lui-même.

Il convoqua quelques-uns de ses serviteurs qui étaient partis et leur dit de préparer un bateau. Les serviteurs furent effrayés quand ils surent ce qu'ils allaient chercher. Ils le supplièrent de ne pas y aller, de peur que le dragon ne les massacre tous.

« Lâches ! s'écria Prince Hautain. Lâches, regardez-moi, et apprenez à être courageux, croyez-vous que j'aurai peur d'un dragon ? »

Alors ils partirent et tout se passa bien pendant deux ou trois jours.

« Ne voyez-vous pas que le dragon a peur de moi ? » se vantait le prince.

Ce soir-là, une violente tempête arriva. Le bateau tanguait dans tous les sens. Les grandes vagues éclataient en mousse sur le côté du bateau et trempaient tout le monde. La pluie se déversait à torrents. Les éclairs jaillissaient et le tonnerre grondait et rugissait.

Le brave Prince Hautain était sûr que le bateau coulerait. Et s'ils ne se noyaient pas, il pensait que la foudre les tuerait.

Il se blottit au fond du bateau, malade et apeuré. Il supplia le pilote et les autres hommes de le sauver. « Pourquoi m'avez-vous amené ici ? gémit-il. Vous vouliez me tuer ? C'est ainsi que vous vous occupez de votre grand prince ? Sortez-moi de là tout de suite ou je tirerai sur chacun de vous avec mon grand arc. »

Les hommes ne pouvaient guère s'empêcher de rire, car c'était bien à cause de lui qu'ils avaient pris la mer. Quant à leur tirer dessus, ils savaient qu'il ne pourrait pas soulever une flèche et encore moins tirer avec son arc.

Le pilote répondit : « Mon prince, ce doit être le dragon qui envoie cette tempête. Il vous a entendu dire que vous alliez le tuer et lui prendre le joyau de son cou. Vous feriez mieux de lui promettre que vous ne le blesserez pas et ensuite peut-être qu'il nous laissera la vie sauve. »

Prince Hautain était prêt à promettre n'importe quoi pour que la tempête s'arrête, alors il jura qu'il ne toucherait jamais le dragon, pas même le moindre poil sur le bout de sa queue.

Au bout d'un moment, la tempête se calma, la foudre cessa et les vagues arrêtèrent de frapper le bateau. Cependant, Prince Hautain était trop malade pour savoir ce qui se passait jusqu'à ce qu'ils arrivent enfin à rejoindre la terre ferme. Ses hommes le sortirent du bateau et l'allongèrent sous un arbre.

Quand enfin il sentit le sol ferme sous lui, il pleura et jura que maintenant qu'il avait quelque chose de solide sur lequel s'appuyer, il ne le quitterait plus jamais. Il était sur une île loin du Japon, mais il ne retournerait pas sur un bateau, pas pour une centaine de princesses. Alors il resta là le reste de sa vie.

Le beau palais qu'il avait construit pour la princesse n'avait personne pour y vivre sauf les chauves-souris et les hiboux et parfois une souris errante ou deux.

LA FUMÉE DU MONT FUJI

Les années passèrent et la princesse prit soin de son père et de sa mère. Ils étaient maintenant très vieux.

Après tout ce temps, ils comprirent pourquoi elle avait demandé aux cinq princes de faire des choses impossibles. Elle voulait plus que tout rester auprès de ses parents et pourtant elle savait que si elle refusait d'épouser un des princes, ils pourraient être en colère contre elle et l'un deux aurait pu nuire à son père.

Chaque jour, elle devenait plus belle et encore plus gentille et douce.

Quand elle eut vingt ans, ce qui est assez âgé pour une jeune fille japonaise, sa mère vint à mourir. Puis elle devint très triste.

Chaque fois que la pleine lune blanchissait la Terre de sa douce lumière, elle s'isolait et pleurait.

Un soir de fin d'été, elle était assise sur un balcon, regardant la Lune et sanglotant comme si son cœur était brisé. Son vieux père s'approcha d'elle et lui dit : « Ma fille, parle-moi de tes soucis, je sais que tu as essayé de me tenir à l'écart de peur de me faire pleurer aussi, mais ça va me tuer de te voir si triste si je ne peux pas t'aider. »

Alors la princesse dit : « Je pleure, mon cher père, parce que je sais que je vais bientôt vous quitter, ma vraie maison est sur la Lune. J'ai été envoyée ici pour prendre soin de toi, mais maintenant est venu le moment où je dois partir. Je ne veux pas vous quitter, mais je le dois... Quand la prochaine pleine lune viendra, ils viendront me chercher.

Son père était vraiment triste d'entendre cela et il répondit :

« Pensez-vous que je laisserai quelqu'un venir et vous emporter ? Je vais aller voir l'Empereur lui-même et lui demander son aide.

- Cela ne servira à rien, personne ne pourra me retenir quand le moment viendra » répondit-elle tristement.

Cependant, son père alla voir l'Empereur et lui raconta toute l'histoire. Le grand Empereur fut touché par l'amour de la jeune fille qui avait choisi de rester avec ses parents et de prendre soin d'eux. Il promit d'envoyer toute une armée pour garder la maison le moment venu.

Le vieux coupeur de bambou rentra chez lui très gai, mais la princesse était plus triste que jamais.

La vieille Lune s'était évanouie. Quelques nuits passèrent ne montrant que le bleu des cieux et l'or des étoiles. Puis un petit fil d'argent apparut juste après le coucher du soleil. Chaque nuit, il s'élargissait et s'éclairait. Chaque jour, la princesse devenait de plus en plus triste.

L'Empereur se souvint de sa promesse et envoya une grande armée qui campa autour de la maison du vieil homme. Des centaines de soldats furent placés sur le toit de la maison. Personne ne pourrait entrer avec une telle garde.

La première nuit de la pleine lune arriva. La princesse attendait sur son balcon que la lune se lève.

Lentement, au-dessus des sommets des arbres sur la montagne, s'éleva la grande boule d'argent. Chaque bruit était étouffé. La princesse alla voir son père. Il était couché comme endormi. Quand elle s'approcha, il ouvrit les yeux. « Je vois maintenant pourquoi vous devez y aller, dit-il, c'est parce que je pars aussi. Merci, ma fille, pour tout le bonheur que tu nous as apporté. » Puis il ferma les yeux et elle vit qu'il était mort.

La Lune s'élevait de plus en plus haut. Une ligne de douce lumière, tel un pont féerique, liait le ciel à la Terre. Y descendait en flottant, comme la fumée dans le vent, une troupe innombrable de soldats en armures étincelantes. Il n'y avait pas de bruit, pas un souffle de vent, mais ils vinrent.

Les soldats de l'Empereur se tenaient immobiles comme s'ils avaient été pétrifiés. La princesse s'avança pour rencontrer le meneur de ces célestes visiteurs.

« Je suis prête » dit-elle. Il n'y avait pas d'autre son. Silencieusement, il lui tendit une petite tasse. Alors elle en but silencieusement. C'était l'eau de l'oubli. Toute sa vie sur Terre s'effaça de sa mémoire. Une fois de plus, elle devint une jeune fille de la Lune qui vivrait pour toujours.

Le meneur posa doucement un manteau de plumes blanches et luisantes sur ses épaules. Ses vieux vêtements glissèrent à terre et disparurent.

S'élevant comme les brumes du matin au-dessus des lacs, la blanche compagnie grimpa lentement au sommet du Fuji Yama,[25] la montagne sacrée du Japon.

Continuant à travers la blancheur immobile du clair de lune, la longue ligne passa, atteignant une fois de plus les portes d'argent de la cité lunaire, où tout est bonheur et paix.

Les hommes disent qu'encore aujourd'hui, une douce volute de fumée blanche s'enroule autour de la couronne sacrée du Fuji Yama, comme un pont flottant reliant cette ville loin dans le ciel.

---

[25] Littéralement le mont Fuji. Identifié à la fois comme une divinité (*kami*) ou comme le lieu de résidence de divinités telles Fuji-hime ou Kaguya-hime, objet de ce conte.

www.ingramcontent.com/pod-product-compliance
Lightning Source LLC
Chambersburg PA
CBHW030510130626
46549CB00007B/2923